COLLECTION FOLIO

W0307018

# Le pavillon des Parfums-Réunis

## et autres nouvelles chinoises des Ming

*Traduit du chinois par Jacques Dars*
*et revu par Tchang Foujouei*

Gallimard

Ces nouvelles sont extraites du recueil
*En mouchant la chandelle* (L'Imaginaire n° 162).

© *Éditions Gallimard, 1986.*

Ces nouvelles du début des Ming (XIV$^{e}$-XV$^{e}$ siècles) sont extraites des recueils *Jiandeng xinhua* (*Nouvelles histoires en mouchant la chandelle*) et *Jiandeng yuhua* (*Suite aux histoires en mouchant la chandelle*) de Qu You (*Le pavillon des Parfums-Réunis* et *Les lanternes-pivoines*) et de Li Zhen (*Émeraude, La belle aux habits verts, Bijou et L'écran aux hibiscus*), tous deux fonctionnaires et surtout fins lettrés.

*Le pavillon des Parfums-Réunis*

Parmi les riches personnages de la commanderie de Wu [Suzhou], il y avait un certain Xie, qui au début de l'ère Zhizheng (1341-1367) résidait au-delà de la porte Changhe, et qui était de son état négociant en grains. Il avait deux filles : la première, prénommée Lanying, Fleur-d'orchidée, et la seconde, Huiying, Fleur-de-cattleya ; toutes deux étaient aussi intelligentes que belles, et s'entendaient à la composition de poèmes réguliers et d'airs de cour. Leur père avait fait édifier derrière sa demeure un pavillon où les loger, et l'avait baptisé pavillon des Parfums-Réunis d'Orchidée et de Cattleya.

Il se trouva qu'un bonze du temple de la Grâce-Céleste, nommé Xuechuang, Fenêtre-neigeuse, était grand aquarelliste et expert à peindre les orchidées ; aussi enduisit-on de blanc les quatre murs du pavillon et le convia-t-on à venir y exercer son talent ; et lorsqu'on montait dans ce pavillon, on avait l'impression de pénétrer dans des pièces pleines de fleurs sous la brise printanière !

C'est là que les deux jeunes filles passaient leurs jours et leurs nuits à psalmodier sans interruption des poèmes. Elles avaient composé plusieurs centaines de poésies régulières, qui formaient un recueil intitulé *Orchidées et Cattleyas*, et les amateurs étaient nombreux à se les transmettre et à se les réciter.

À la même époque, Yang Tieya de Guiji venait justement de composer ses *Airs des rameaux de bambou du lac de l'Ouest* ; plus d'une centaine de poètes y avaient fait écho, et le tout, imprimé, se trouvait chez les libraires. En voyant cela, les deux jeunes filles se dirent en riant :

« Près du lac de l'Ouest, il y a des "Airs des rameaux de bambou" : pourquoi l'est du pays de Wu serait-il seul à n'en pas avoir ? »

Et, sur le modèle du recueil original, elles firent dix pièces intitulées *Airs des rameaux de bambou de la terrasse de Suzhou*, que voici :

*Ronde est la lune sur la terrasse de Gusu,*
*Doux, le clapotis sous la terrasse de Gusu ;*
*La lune décline à l'ouest, mais elle reparaîtra :*
*L'eau qui coule vers l'est, qui sait quand reviendra ?*

*Au palais de Guanwa, daims et cerfs vont vaguant.*
*Xi Shi la belle parmi les Cinq Lacs va voguant.*

*Où êtes-vous, os de jade, âmes parfumées ?*
*Ô menue Su, au coteau du Tigre inhumée !*

*Au coteau du Tigre, pagode étagée où luit*
*La lampe du Bouddha, dans la nuit sans bruit.*
*Brûlant l'encens au temple avec des compagnons,*
*De l'épingle de tête aux bonzes l'on fait don.*

*Ancrés à la porte, du pays de Wu les grands bateaux ;*
*Cris de corbins, lune au déclin, comme brume les eaux.*
*Au temple du Mont-Froid déjà on sonne l'aube ; dormeur*
*Accablé devant les érables, feux de pêcheurs.*

*Oranges dorées de Dongting, fines et jaunes,*
*Poissons argentés de Lize, longs d'un quart d'aune :*
*Spécialités du Sud-Est, peu connues, exquises :*
*Dignes d'un empereur, ce sont mets de requise !*

*Roseaux, bambous, mélia vont éclore et fleurir,*
*Mais sciènes et tétrodons, eux, tardent à venir !*
*Des relents de poisson sur la ville à l'aurore,*
*Voici des prises vives apportées du port.*

*Peupliers et saules sont bien verts, puis jaunis :*
*On voit à leurs couleurs les instants abolis.*
*Comme rameau de saule je m'étiole aisément ;*
*Comme chaton de saule, lui danse effrénément !*

*Martins-pêcheurs volant à deux sans s'appeler,*
*Canards mandarins dormant, jamais esseulés !*
*Odieux, le pont de la Ceinture-Précieuse, où*
*L'eau va moitié à Wu, moitié vers le Taihu !*

*Sombre nuée, en phénix, coiffure à ruban ;*
*Mais peigne d'ivoire, en V, blanc comme l'argent.*
*Contre la porte rouge appuyée, sur le seuil,*
*De combien de passants mit-elle le cœur en deuil ?*

*Le pavillon altier monte jusqu'au ciel bleu ;*
*Écrans peints, balustrades à la queue leu leu.*
*Ayant les « Airs de la terrasse de Su », plus*
*De Chants au lac de l'Ouest pour cueillir les lotus !*

Les autres poèmes furent également trouvés réussis, et l'on voit à quel point les deux jeunes filles étaient douées !

Lorsque Yang Tieya en eut une copie, il y a ajouta de sa main deux quatrains qui disaient :

*Œuvres de Xue Tao, que rien, au Jinjiang, ne surpasse ;*
*D'Orchidée-Cattleya poèmes, à Wu, se passent ;*
*Brillantes et galantes, raffinées, assorties,*
*Ce sont deux purs joyaux dans les banquets fleuris !*

*Comme Yuanfang et Jifang célèbres uniment,*
*Et Yingying à Qiongqiong ne le cède nullement.*

*C'est d'un pinceau joyeux, ô brise printanière,*
*Que je vais pour leur luth improviser des vers.*

Dès lors, la renommée des deux sœurs se répandit partout à la ronde : tout le monde se dit que Ban Zhao ou la fille de Cai Yong étaient réapparues et que, depuis les poétesses Li Qingzhao et Zhu Shuzhen, personne n'avait été à leur hauteur.

Le pavillon des jeunes filles donnait sur le Grand Canal, par où passaient tous les bateaux et toutes les jonques.

Or il y avait à Kunshan un jeune homme du nom de Zheng, lui aussi de grande famille ; son père était un ami intime du marchand Xue, et c'est pourquoi il décida de lui faire ouvrir un négoce dans la commanderie de Wu. À son arrivée, le jeune Zheng amarra son bateau au bas du pavillon, et il s'en remit à Xue pour la direction de l'affaire. Le jeune homme étant le fils de son vieil ami, Xue le laissa aller et venir librement dans la maison, sans restriction. Le fils Zheng était dans tout l'éclat de la jeunesse, d'un tempérament affable et doux, d'un naturel raffiné et d'une grande distinction.

Au cours d'un mois d'été, tandis qu'il prenait un bain à l'avant de son bateau, les deux jeunes filles l'observèrent à la dérobée par une fente de leurs jalousies et lui lancèrent une coupe de litchis ! Bien que le jeune homme eût compris le message, lorsqu'il leva les yeux pour considérer la hauteur vertigineuse du pavillon, la « crête volante » des toits qui se perdaient dans l'empyrée, il se dit qu'à moins d'avoir des ailes il ne pourrait jamais parvenir là-haut !

Mais quand la nuit fut avancée et quand la clepsydre fut vide, quand la lune baissa et quand le Bouvier déclina, alors un silence parfait régna, et le jeune homme alla se placer à bord de son bateau, comme s'il eût attendu quelque chose... Et soudain on entendit un murmure étouffé à une fenêtre du pavillon ; il jeta les yeux de côté et d'autre et vit, suspendue à la corde qui servait à la balançoire des jeunes filles, une corbeille en bambou qui vint choir devant lui : il s'y installa et fut emporté vers le haut !

Lorsqu'il vit les deux beautés, il fut transporté de joie à en perdre la parole ; elles l'entraînèrent vers la chambre à coucher, et ils s'unirent avec toute l'ardeur de la passion. L'aînée improvisa un quatrain qu'elle offrit au jeune homme et qui disait :

*Degrés de jade, balcons sculptés, fleurs à éclore,*
*Qui lors de la rencontre étaient boutons encore ;*
*Leur gracieuse beauté ignore pluie et vent,*
*Attendant protection du Maître du printemps !*

Et la cadette, rimant aussi, fit de même :

*La lampe baisse, fond les volutes du parfumoir ;*
*Secoués, écran du lit, courtine d'ivoire...*
*Plaisirs d'amour au poisson dans l'eau se comparent :*
*Juste arrivé de-ci, de-là déjà repart !*

À l'aube, le jeune homme reprit place dans la nacelle et descendit. Et dès lors, il ne se passa plus de nuit sans rendez-vous.

Les deux belles firent tant de poèmes qu'il est impossible de les noter tous, et le jeune homme, honteux de n'avoir pas répondu sur le même mode, et voyant une nuit sur la table un rouleau de fameux papier de Shanxi [au Zhejiang], dit « feuille de jade », humecta le pinceau et y traça le poème suivant :

*En intrus au sommet du Penglai pénétrant*
*Parmi pivoines et hibiscus avançant,*
*Je suis comme un papillon, de parfums voleur,*
*Qui tout le jour, vagabond, joue parmi les fleurs !*

Lorsqu'elles trouvèrent ce poème, les deux sœurs, ravies, le cachèrent dans un coffre. Mais quand ils se mirent au lit, le jeune homme leur demanda de psalmodier quelque chose, et l'aînée chanta :

*Fleurs sur la même tige, rameaux entremêlés,*
*Joyaux brillants, sans prix, perles immaculées...*

Sur quoi la puînée enchaîna :

*Quelle chance d'avoir Xiao Shi, unies dans la joie,*
*Quelle aubaine d'avoir Dai Kui, portées par l'émoi...*

L'aînée reprit :

*Poussière sur le cache-gorge : l'âme vogue à l'aventure ;*
*Sur l'oreiller l'épingle de jade : dénouée, la chevelure...*

Et la puînée continua :

*Si le secret de notre amour devait un jour filtrer,*
*Point ne regretterions cette nuit égarée...*

L'ensemble forma finalement un double quatrain.

Une autre fois, après minuit, le jeune homme dit brusquement, en soupirant avec tristesse :

« En fait, je ne suis qu'un hôte de passage qui a trouvé momentanément asile dans votre demeure, et tout ce que nous avons fait jusqu'à présent a échappé à votre père... mais un beau matin, tout peut transpirer et il y aura des entraves à notre amour. Alors, ne faut-il pas dès maintenant partager le miroir de Lechang ? Qui sait quand le sabre précieux de Yanping sera réuni à l'autre, de la Source du Dragon ? »

À ces mots, il se mit à gémir et à sangloter. Les deux belles lui dirent :

« Nous sommes des créatures vulgaires et insignifiantes, nous le savons pertinemment... Mais, longtemps recluses dans le gynécée, nous avons une vague teinture de Classiques et d'Histoires dynastiques : et nous ne sommes pas sans savoir que les liaisons illicites sont réprouvées, que les trésors bien cachés sont les plus précieux ! Cependant, les lunes d'automne et les fleurs de printemps, cela nous fendait le cœur de les voir passer en vain, et nos sentiments vagabonds comme les nuages, notre nature instable comme l'eau, nous n'avons pas pu les maîtriser ! Jadis, il y eut bien Song Yu qui fut indiscrètement regardé par-dessus la muraille, et Bian He qui de son propre chef fit présent d'un joyau... Touchées par le fait que tu n'aies pas fait fi de nous et que tu aies daigné abaisser vers nous des yeux bienveillants, bien que les six rites du mariage n'aient pas été célébrés, tu peux compter sur la fermeté de notre résolution ! Alors que notre désir est de partager notre couche avec toi et de te servir éternellement, pourquoi parler soudain comme tu fais et susciter toi-même des doutes et des obstacles ? Sieur Zheng, sieur Zheng, nous avons beau être des filles, nous avons soigneusement ourdi un stratagème ! Si jamais notre père apprend ce qui s'est passé, il nous faudra essuyer des reproches, mais s'il agrée notre requête, nous deviendrons tes épouses ! Si, en revanche, il n'en agit pas conformément à nos plans, alors il faudra qu'il vienne nous chercher près des Sources-Jaunes, car jamais, au grand jamais, nous n'épouserons un autre homme ! »

En entendant cela, le jeune Zheng fut bouleversé de reconnaissance.

Peu après, son père lui manda par lettre de rentrer à la maison. Le père des deux sœurs, voyant quelles réticences il montrait à repartir, ne manqua pas, pour sa part, d'avoir de puissants soupçons.

Un jour, monté dans le pavillon, il trouva dans le coffre le poème du jeune homme et en fut cloué de stupeur ! Mais puisque les choses en étaient déjà là, il n'y avait plus rien à faire, et il se dit que le jeune Zheng était dans le bel âge et d'une parfaite élégance, et que les deux familles étaient par ailleurs tout à fait assorties par le rang social. Il envoya donc une lettre au père du jeune homme, afin de lui faire savoir ses intentions, et ce dernier répondit favorablement.

Une entremetteuse fut en conséquence chargée de faire les tractations entre les deux familles, de prendre les renseignements et de remettre les cadeaux de fiançailles ; puis le mariage eut lieu. À cette époque, le jeune homme avait vingt et un ans, l'aînée des sœurs en avait dix-neuf, la puînée, dix-sept. Dans le pays de Wu, nombre de gens furent au courant de cette affaire et certains la colportèrent à titre de charmante anecdote.

# *Les lanternes-pivoines*

À l'époque où Fang Guozhen occupait l'est du Zhejiang, chaque année, le soir du Nouvel An, on faisait à Mingzhou grand déploiement de lanternes durant cinq nuits, et tous les hommes et femmes de la ville allaient admirer le spectacle.

En l'an 1360, certain jeune homme nommé Qiao habitait au pied des pentes du mont Zhenming. Comme il venait de perdre sa jeune épouse, il vivait tout solitaire et ne sortait plus : il se bornait à rester debout appuyé à sa porte, et c'était tout.

La nuit du quinze, quand la troisième veille de nuit fut passée, les promeneurs se firent rares. C'est alors qu'il avisa une servante qui portait sur une palanche deux lanternes en forme de pivoine et qui précédait une jeune beauté de seize ou dix-sept ans, vêtue d'une robe rouge à manches couleur de saphir. D'une démarche pleine de grâce et de séduction, elle passa son chemin, allant vers l'ouest. Il l'observa à la clarté de la lune : le charme de son visage et l'éclat de sa jeunesse faisaient d'elle une beauté sans égale ! Captivé à en perdre l'esprit, il ne put se maîtriser et partit à sa suite, pour marcher tantôt devant, tantôt derrière elle.

Au bout de plusieurs dizaines de pas, la jeune beauté se retourna soudain et lui dit avec un sourire :

« Nous qui n'avions originellement nul rendez-vous parmi les mûriers, nous nous rencontrons quand même secrètement au clair de lune ! Voilà qui semble bien n'être pas l'effet du hasard ! »

Il s'empressa de la rejoindre, la salua, mains jointes, et répondit :

« Ma pauvre demeure est à deux pas : daigneriez-vous, belle personne, me faire l'honneur d'y venir ? »

Elle ne fit nulle difficulté et lança aussitôt à sa servante :

« Lotus-d'or, accompagne-nous avec les lanternes ! »

Sur quoi Lotus-d'or fit demi-tour, tandis que le jeune homme prenait la belle par la main et la menait à sa maison. Fou de joie d'être à ses côtés, il s'estimait comblé par sa rencontre : celle d'une créature de rêve ou d'une fée n'eût pas été plus extraordinaire !

Il lui demanda comment elle se nommait, où elle habitait ; elle répondit :

« J'ai pour nom de famille Fu, pour prénom social Liqing et pour prénom personnel Shufang, Pur-parfum. Je suis la fille de feu le juge du district de Fenghua. Après la mort de mon père, notre famille tomba dans la ruine, et comme je n'avais pas de frère et étais la seule de ma lignée à rester en vie, je suis venue m'établir en étrangère, avec Lotus-d'or, à l'ouest du lac. »

Le jeune homme la garda pour la nuit : elle avait une allure ensorcelante, des façons de s'exprimer d'un charme irrésistible ! Ils baissèrent la courtine et, réunis sur l'oreiller, goûtèrent ensemble des délices infinies. À l'aube, elle prit congé et partit, mais quand le soir tomba, elle revint.

Cela durait ainsi depuis bientôt un demi-mois, quand un vieillard du voisinage, pris de soupçons, fit un trou dans le mur pour les épier : or, à son grand effroi, il vit un squelette tout poudré assis près de la lampe en compagnie du jeune homme !

Au point du jour suivant, il questionna le jeune homme, qui garda le secret sans vouloir répondre.

Le vieux lui dit alors :

« Hélas ! le malheur est sur toi ! Aux hommes la plénitude de la pure lumière, aux fantômes l'immonde profondeur des ténèbres ! Présentement, voici que tu habites sans le savoir avec une créature démoniaque de l'univers obscur, et passes tes nuits sans t'en rendre compte avec un être diabolique et pervers ! Un beau matin, ta force vitale se trouvera épuisée et une catastrophe pernicieuse te menacera... Quelle pitié que, dans la fleur de la jeunesse, tu doives déjà être l'hôte du monde souterrain ! Comment ferais-je pour ne pas en être affligé ? »

Alors seulement le jeune homme fut pris de terreur et conta au vieillard le détail de tout ce qui s'était passé. Le vieux dit :

« Puisqu'elle a déclaré habiter en étrangère à l'ouest du lac, tu devrais aller vérifier, pour en avoir le cœur net ! »

Le jeune homme suivit le conseil et se rendit d'une traite à l'ouest du lac de la Lune. Après avoir erré de-ci de-là sur la Longue-Digue, et aux abords du Grand-Pont, il se renseigna chez les habitants de l'endroit, interrogea les passants... mais tous répondirent qu'il n'y avait personne.

Comme le soir tombait, il se rendit au temple Au-cœur-du-lac pour se reposer un moment, arpenta la galerie de l'Est dans toute sa longueur, puis revint à la galerie de l'Ouest, et là, tout au bout, découvrit une pièce obscure où se trouvait le cercueil d'une personne morte loin de sa patrie. Il portait une inscription sur papier blanc disant :

CERCUEIL DE LIQING,
FILLE DE FEU
LE JUGE DU DISTRICT DE FENGHUA

Devant le cercueil était suspendue une double lanterne en forme de pivoine, sous laquelle était placée une figurine funéraire représentant une servante, avec au dos deux caractères signifiant :

LOTUS-D'OR

Lorsque le jeune homme vit cela, ses cheveux se dressèrent sur sa tête et il eut la chair de poule par tout le corps !

Il sortit du temple au pas de course, sans oser regarder derrière lui, et cette nuit-là, alla demander l'hospitalité au vieillard d'à côté, tant était grande la terreur qui le tenaillait.

Le vieillard lui dit :

« Le Maître de la Loi Wei, au monastère taoïste du Mystère-Subtil, est un disciple du défunt Parfait Wang, haut dignitaire taoïste. Il est actuellement sans rival en matière d'amulettes. Tu devrais, sans perdre un instant, aller le trouver pour lui en demander. »

À l'aube suivante, le jeune homme se présenta au temple. Le Maître de la Loi, qui l'avait vu venir de loin, s'exclama avec effroi :

« Avec des miasmes démoniaques aussi denses, que viens-tu faire ici ? »

Le jeune homme se prosterna devant le siège du Maître et lui conta toute son histoire. Le Maître lui remit deux talismans rouges, en lui enjoignant d'en placer un sur sa porte, l'autre sur son lit, et en lui interdisant de retourner au temple Au-cœur-du-lac.

Le jeune homme, muni des amulettes, s'en revint et plaça les charmes comme il lui avait été dit.

Dès lors, effectivement, la belle créature ne vint plus.

Un bon mois plus tard, il alla au pont des Brocarts rendre visite à un ami, qui le retint pour trinquer jusqu'à l'ivresse. Alors, complètement oublieux des injonctions du taoïste, il revint en passant droit par la route du temple Au-cœur-du-lac. Il allait atteindre la porte du temple quand il vit Lotus-d'or venir au-devant de lui, lui faire une révérence et déclarer :

« Mademoiselle vous attend depuis longtemps ! Pourquoi avoir fait montre pendant tout ce temps d'une telle ingratitude ? »

Après quoi elle se rendit à la galerie de l'Ouest en compagnie du jeune homme. Ils parvinrent directement à la pièce. La belle, assise, lui fit des reproches :

« Moi qui ne te connaissais pas, je t'ai par hasard rencontré nuitamment et, touchée par tes sentiments, je me suis mise tout entière à ton service, allant te trouver soir et matin, et avec tout mon cœur. J'enrage de voir que tu as prêté foi aux propos d'un maudit taoïste : ils ont semé le doute et le soupçon dans ton esprit au point que tu veuilles me quitter pour toujours ! Devant une pareille ingratitude, je devrais te haïr profondément !... Mais puisque par bonheur nous nous revoyons aujourd'hui, comment pourrais-je me séparer de toi ? »

Cela dit, elle le prit par la main et le mena devant le cercueil... qui soudain s'ouvrit tout seul ! Alors, elle s'y précipita en l'entraînant avec elle, puis le couvercle se referma aussitôt, et le jeune homme mourut à l'intérieur du cercueil !

Le vieux voisin, trouvant bizarre qu'il ne soit pas rentré, le chercha partout à la ronde. Sa quête finit par le mener au temple et à la pièce où le cercueil était entreposé. Là, il vit un bout de la tunique du jeune homme qui dépassait du cercueil. Il demanda aux bonzes de l'ouvrir : le jeune homme était mort depuis longtemps, et son cadavre était couché sur celui de la jeune femme qui, elle, était aussi fraîche que si elle eût été en vie !

Les bonzes dirent en soupirant :

« C'est la fille de feu le juge Fu du district de Fenghua, morte à l'âge de seize ans, qu'on a placée provisoirement ici. Toute sa famille a émigré au nord et n'a finalement plus donné de nouvelles depuis maintenant douze ans ! Nous n'imaginions pas qu'elle pouvait opérer de pareils sortilèges !... »

Alors on inhuma le cercueil, avec la dépouille du jeune homme, à l'extérieur de la porte de l'Ouest.

Or par la suite, lors des jours de mauvais temps et de nuages, lors des nuits sans lune, on vit fréquemment le jeune homme et la jeune femme marcher en se tenant par la main, précédés d'une servante portant une lanterne en forme de double pivoine ; et ceux qui les rencontraient, immanquablement, tombaient gravement malades, en proie par alternance à la fièvre et aux frissons. S'ils s'étaient signalés par une conduite vertueuse et avaient fait les sacrifices complets aux divinités, ils pouvaient espérer une guérison ; dans le cas contraire, ils ne se relevaient pas !

Les habitants, qui en avaient grand-peur, allèrent à l'envi trouver au temple du Mystère-Subtil le Maître Wei, pour faire appel à ses services.

« Mes charmes et talismans, leur dit-il, ne peuvent agir qu'à titre préventif. Maintenant que les malheurs causés par ce fantôme ont eu lieu, cela sort de ma compétence ! Mais j'ai entendu parler d'un certain "taoïste à calotte de fer", qui habite au sommet du mont de Siming : il sait percer à jour les esprits et les démons, et sa magie est transcendante. Vous n'avez qu'à aller le trouver et lui demander secours. »

Tous s'en furent à la montagne, escaladant les pentes en s'agrippant aux buissons et aux lianes, franchissant les torrents et les ravins jusqu'à ce qu'ils parvinssent au sommet.

Là, il y avait effectivement un ermitage de chaume, et un taoïste assis, appuyé à une petite table, en train de regarder un jeune domestique qui soignait une grue. Tous les arrivants firent cercle devant la cabane, se prosternèrent et expliquèrent ce qui les amenait.

Le taoïste répondit :

« Un ermite qui, caché parmi les forêts des montagnes, peut mourir d'un jour à l'autre, comment possèderait-il des pouvoirs magiques ? Vous vous en serez laissé conter ! »

Et de les repousser avec une fermeté inflexible ! Mais ils insistèrent :

« En fait, nous autres, nous ne vous connaissions pas, nous n'avons fait que suivre les instructions du Maître Wei, du temple du Mystère-Subtil ! »

Alors seulement il céda, non sans rétorquer :

« Le vieillard qui vous parle n'est pas descendu de cette montagne depuis soixante ans, mais puisque ce gamin n'a pas su tenir sa langue, il me contraint à cet ennuyeux voyage ! »

Aussitôt le vieillard, accompagné de son novice, descendit de la montagne d'un pas leste et alerte, et s'en fut d'une traite à l'extérieur de la porte de l'Ouest.

Là, il installa un autel de dix pieds carrés, étala

une natte sur laquelle il s'assit bien droit, puis écrivit des talismans, qu'il fit brûler. Et soudain, voici qu'apparurent plusieurs guerriers surnaturels à turbans jaunes et casaques de brocart, à armures dorées et hallebardes ciselées, tous d'une taille de dix pieds et davantage : ils surgirent, altiers, devant l'autel, puis s'inclinèrent en demandant les ordres avec un respect profond.

« Il y a dans les parages, dit le taoïste, des spectres démoniaques qui suscitent des calamités, qui effrayent et harcèlent la population. Comment se fait-il que vous n'en sachiez rien ? Il faut en toute hâte les amener ici ! »

Ayant reçu des ordres, ils s'en furent et revinrent peu après avec le jeune homme, la jeune femme et Lotus-d'or, chargés de fers et de cangues, et poussés à coups de fouet, tout ruisselants de sang.

Le taoïste leur reprocha longuement leurs méfaits et leur enjoignit d'en faire confession écrite. Le chef des guerriers surnaturels leur remit alors papier et pinceau, et ils firent des aveux de plusieurs centaines de caractères, dont voici le résumé :

Aveux du jeune Qiao :

*Je reconnais humblement que, vivant veuf et solitaire, debout tout seul appuyé à ma porte, j'ai transgressé les interdits de luxure et succombé aux exigences d'excessifs désirs sensuels. Incapable d'imiter Sun Shu'ao qui, ayant vu le serpent à deux têtes, les trancha et supprima un fléau, je me suis trouvé dans la situation du sieur Zheng qui, ayant rencontré une renarde à neuf queues, fut saisi d'amour et de compassion. Ce qui est fait ne pouvant être changé, où mes remords sont-ils susceptibles de me conduire ?*

Aveux de la jeune femme nommée Fu :

*Je reconnais humblement que, décédée dans la fleur de ma jeunesse, dénuée en plein jour de tout appui, bien que mes six âmes sensitives aient quitté mon corps, tout mon esprit vital n'était pas encore anéanti. Nuitamment, au clair de lune, j'ai rencontré un être chéri avec qui partager cinq cents ans de délices... de quoi fournir à ceux qui peuplent ce monde des sujets d'histoires galantes pour des milliers et des myriades d'hommes ! Dans mon aveuglement, je ne sais comment revenir en arrière : par quel moyen échapper au châtiment ?*

Aveux de Lotus-d'or :

*Je reconnais humblement qu'une écorce de bambou raclée fut mes os, qu'une étoffe de soie teinte devint mon embryon, et que je fus ensevelie dans un tumulus funéraire dont quelqu'un – mais qui ? – prit de la terre pour faire une figurine funèbre, avec visage, yeux, organes, cheveux, en tout semblable à un être humain en miniature. Dès lors que cette figurine reçut un nom, il ne lui manqua plus qu'une âme ! Voilà pourquoi j'ai été victime d'une machination ! Comment aurais-je osé jouer les fantômes ?*

Lorsque ces aveux furent faits, on les remit au chef des gardes pour qu'il les transmît, tandis que le taoïste écrivait, à énormes traits de pinceau, la sentence que voici :

*J'ai entendu dire que, quand Yu le Grand forgea les neuf tripodes, les esprits avec leurs débauches, ou les démons avec leurs secrets, ne purent plus échapper à leur forme ; que quand Wen Jiao alluma sa lanterne en corne de rhinocéros, tous les êtres qui habitaient le palais du dragon du domaine des eaux purent apparaître sous leur vrai aspect. Mais si les voies des Ténèbres et celles de la Lumière sont divergentes, les esprits sont fertiles en stratagèmes et sortilèges : les hommes qui les rencontrent en pâtissent, les êtres qui les subissent en souffrent ! C'est pourquoi, quand le grand spectre entra, le prince Jing de Jin trépassa ; et quand le porc-démon mugit par la lande, il fit mourir le prince Xiang de Qi. Qui attire les malheurs devient spectre malfaisant, qui fait le mal devient un monstre. C'est la raison pour laquelle les neuf mondes célestes ont institué des émissaires chargés d'anéantir les êtres nuisibles, et les dix mondes terrestres ont installé des tribunaux pour punir leurs crimes, afin que les génies des monts, les gobelins, les farfadets et les esprits des eaux soient mis hors d'état de nuire, afin que les yakshas et les râkshas ne puissent commettre leurs ravages.*

*À plus forte raison si, dans la paix d'un monde sans trouble, d'une époque de calme, les démons, se métamorphosant par de multiples sortilèges, se transformant en ar-*

*bres ou en plantes, lors des nuits sombres et pluvieuses, lors des aubes blafardes, au déclin de la lune et des étoiles, si donc les démons viennent ululer dans les poutres ou épier dans les chambres sans qu'on puisse les voir : pareils à des essaims de mouches ou à des meutes de chiens, brutaux comme des bœufs et avides comme des loups, aussi rapides que des tourbillons de vent, aussi dévastateurs que des brasiers furieux !*

*Le jeune fils de la famille Qiao n'a pas pris conscience de ses fautes et il en est mort, mais quelle pitié mérite-t-il ? La jeune femme de la famille Fu, pourtant décédée, était encore pleine de désirs sensuels, ce qui laisse imaginer comment elle était de son vivant ! Quant à Lotus-d'or et à ses fantastiques hâbleries, c'est par le biais d'une statuette funéraire qu'elle a exercé ses trompeurs sortilèges ! Tous ont berné le monde, ont grugé les gens, et leurs forfaits sont un affront aux lois. Comme couple de renards, ils ne sont que luxure ; pire que celle des cailles, leur vicieuse nature ! Mais la mesure de leurs débordements est pleine, et leurs crimes ne sauraient être pardonnés !*

*Que ce piège à hommes soit désormais comblé, que ces charmes à égarer les gens soient désormais rompus ! Que la double lanterne soit détruite par le feu, et que les coupables soient conduits dans les geôles des neuvièmes Enfers !*

Lorsque le taoïste eut prononcé ce jugement, le chef des guerriers exécuta les ordres à l'instant même : c'est alors qu'on vit les trois créatures passer en trébuchant avec des cris plaintifs, puis disparaître sous les coups de leurs gardes.

Quant au taoïste, secouant ses manches en signe de mécontentement, il rentra dans sa montagne.

Le lendemain, tous allèrent le remercier... mais ne purent le voir : il ne restait plus que la hutte de chaume. Ils s'empressèrent d'aller trouver, afin de l'interroger, le Maître de la Loi du temple du Mystère-Subtil, mais une maladie l'avait rendu muet, et il ne put leur dire le moindre mot !

*Émeraude*

Émeraude, de son nom de famille Liu, était la fille d'un citoyen de Huai'an. Douée d'une remarquable intelligence, elle posséda bientôt les Classiques des Poèmes et de l'Histoire, et ses parents, accédant à ses désirs, l'envoyèrent à l'école.

Un de ses camarades d'étude, le fils de la famille Jin, prénommé Ding, avait le même âge qu'elle, et il était lui aussi fort intelligent et plein de belles manières ; tous les autres enfants leur disaient, pour les taquiner : « Puisque vous êtes de la même année, il vous faudra devenir mari et femme ! » Quant à eux, c'est ce qu'ils se promirent en secret, et le jeune Jin offrit à Émeraude un poème qui disait :

*Douze balustrades aux terrasses précieuses,*
*À brise printanière, lumière radieuse.*
*Saule au jardin de l'Ouest, au parc de l'Est, pêcher,*
*Pour qu'ensemble ils grandissent, il faut les transplanter !*

À quoi Émeraude fit écho par ce poème :

*À Zhu Yingtai toujours j'en voulus et j'en veux*
*De couver son chagrin sans en faire l'aveu.*
*Que le maître de l'Est nous aide, c'est mon vœu,*
*Pour qu'on plante au soleil un arbre en fleur verveux !*

Ensuite, quand Émeraude fut grande, elle n'alla plus à l'école.

Lorsqu'elle eut quinze ans, ses parents songèrent à la marier ; elle se mit alors à pleurer sans trêve et à refuser de manger. Ils lui demandèrent tendrement la raison de ce comportement ; elle ne voulut d'abord rien dire, mais à la longue finit par avouer :

« Il faut inéluctablement que ce soit Jin Ding, de la maison orientale, car je me suis déjà promise à lui. Si l'on ne me cède pas, je n'aurai qu'à mourir, voilà tout ; mais je jure que jamais je ne franchirai un autre seuil ! »

Les parents ne purent que s'incliner.

Malheureusement, les Liu étaient riches et les Jin étaient pauvres, et bien que le jeune Jin fût plein de dons éminents, la disparité de fortune entre les deux familles était par trop grande.

Lorsque l'entremetteuse alla chez les Jin, ils déclinèrent effectivement l'offre en raison de leur pauvreté, et furent tout honteux et confus d'un pareil honneur. Mais l'entremetteuse plaida :

« La jeune fille de la famille Liu est déterminée, coûte que coûte, à obtenir le jeune homme de la famille Jin, et ses parents y consentent. Refuser en arguant de votre misère, ce serait faire injure à leur sincère bonne volonté, et réduire à néant la chance unique d'un beau mariage ! Présentement, il faudrait leur dire : "Puisque dans notre pauvre famille il y a un garçon qui a une teinture de poésie et de rites, et que votre précieuse famille le demande en mariage, comment oserions-nous ne pas obtempérer ! D'ailleurs, né dans la bergerette et le bambou épineux, il s'est habitué depuis longtemps à sa piètre situation. Si vous exigez des cadeaux pour les cérémonies de fiançailles et d'épousailles, nous redoutons, en définitive, de n'être pas en mesure de les assumer." Mais eux, par amour pour leur fille chérie, ne devraient pas tenir compte de cela. »

Les Jin suivirent donc ce conseil. L'entremetteuse rendit compte de l'exécution de sa mission aux Liu, qui dirent en effet :

« Se soucier d'argent dans une affaire de mariage, c'est un comportement de barbares ! Tout ce que nous savons, c'est que nous avons trouvé un gendre, et le reste nous indiffère. Eux là-bas sont dans l'indigence quand nous avons plus qu'à suffisance, et si notre fille allait y vivre, elle ne pourrait jamais s'y accommoder. Mieux vaut par conséquent que ce soit son mari qui vienne s'installer chez nous. »

L'entremetteuse repartit transmettre cette proposition, qui combla les Jin de joie. On choisit un jour faste pour les noces, et les soieries, brocarts et présents variés furent entièrement pris en charge par la famille de la mariée. Après le « franchissement du seuil » et l'« échange de salutations », les deux jeunes gens purent se retrouver, et l'on imagine leur bonheur.

Cette nuit-là, Émeraude composa sur l'oreiller un poème sur l'air *L'Immortel au bord du fleuve*, et l'offrit à son époux. Il disait :

*Enfants, même encrier et pinceau avons eu,*
*Voici le vieil ami jeune époux devenu !*
*La chambre nuptiale aux chandelles,*
*Vernale à souhait, qu'elle est belle !*
*Comme aile de papillon, fard mouillé de sueur ;*
*Et comme musqué, corps embaumé de senteurs...*
*Je pâme, nuages et pluie,*
*Car c'est trop neuf, ah ! je ne puis...*
*Sourcils froncés, là, sur la couche,*
*Pudeur surprise s'effarouche...*
*Prends donc un peu pitié, mais à si fort m'aimer*
*Je ne saurais t'en vouloir de recommencer.*

*Car le seul vœu que je forme en cette heure,*
*Est de t'avoir près des yeux, près du cœur !*

Et elle convia le jeune homme à lui répondre sur le même mètre. Il composa donc un poème assorti au précédent.

Voici :

*Je n'ai pas oublié nos études, nos cours,*
*Et la jeune mariée est l'amie de toujours.*
*Voici qu'un frêle esquif visite*
*Au printemps Wuling et ses sites.*
*Demeure d'Immortels, paradis amarante,*
*Que la rouge poussière du monde est distante !*
*Serments comme la mer profonds,*
*Ou élevés comme des monts,*
*Mon cœur et ma foi sont à toi,*
*Et chaque fois que je te vois*
*Me sourire et lever le sourcil gentiment,*
*Quelle entente parfaite dans nos sentiments !*
*Dans toutes mes pensées, nulle idée de départ :*
*Qui aimer après toi ? Personne, c'est trop tard !*

Quant à la félicité de ces deux jeunes époux, elle surpassait celle des paons dans les nues empourprées, celle des canards mandarins s'ébattant dans l'eau verte, et c'est encore peu dire !

Or, moins d'une année plus tard, Zhang Shicheng et son frère levaient des troupes à Gaoyou et s'emparaient de toutes les commanderies au long de la Huai. La jeune femme fut capturée par un des généraux de l'état-major, nommé Li. À la fin de l'ère Zhizheng (1341-1367), Zhang Shicheng avait étendu son fief jusqu'à contrôler les deux rives du Yangzi et à occuper le Zhexi. C'est alors qu'il déclara son allégeance à la dynastie Yuan et demanda à être reconnu comme vassal. Les communications furent enfin rétablies et l'on put voyager sans encombre sur les routes.

À ce moment-là, le jeune Jin fit ses adieux à sa famille et à sa belle-famille pour partir en quête de son épouse, jurant de ne pas revenir sans l'avoir retrouvée.

Il voyagea jusqu'à Pingjiang, où il apprit que le général Li avait été nommé protecteur militaire de Shaoxing ; quand il arriva à Shaoxing, le général avait été muté avec ses troupes à Anfeng, et lorsqu'il y parvint, Li était retourné en garnison à Huzhou ! C'est ainsi que le jeune homme erra dans la région entre la Huai et le Yangzi, et dut affronter maints périls, tandis que le temps passait : plus d'une année déjà. En outre, son escarcelle était maintenant vide, mais sa résolution était toujours aussi inébranlable.

Il chemina par la lande, dormit à la belle étoile, mendia sa pitance, mais finit par atteindre Huzhou.

Le général Li, devenu à l'époque un puissant personnage, vivait dans un faste impressionnant.

Jin Ding se planta devant la porte de sa résidence, tout hésitant, et essaya d'épier l'intérieur, voulant entrer mais ne pouvant s'y résoudre, voulant parler mais n'osant pas. Le portier de la résidence trouva son manège bizarre et l'interrogea.

« Votre serviteur, répondit-il, est natif de Huai'an. Depuis l'époque des troubles, j'ai entendu dire que ma petite sœur se trouvait dans cette noble maison. C'est pourquoi, sans craindre les peines d'un voyage de mille lis, je suis venu jusqu'ici dans l'espoir d'une seule entrevue.

– S'il en est ainsi, quel est ton nom, ton prénom ? Ta jeune sœur, quel âge a-t-elle, comment est-elle ? Réponds avec précision, pour que je puisse vérifier si telle est la situation.

– Mon nom est Liu, mon prénom Jin Ding, pour vous servir. Ma sœur s'appelle Émeraude, elle sait lire et écrire. À l'époque de sa disparition, elle avait juste seize ans, ce qui fait qu'elle doit maintenant avoir vingt-trois ans.

– Il y a effectivement dans la résidence une née Liu, de Huai'an, dont l'âge correspond à tes dires. Elle sait lire et s'entend à composer des poèmes ; elle est du reste fort intelligente, au point d'avoir droit à un traitement de faveur de notre commissaire. Tu n'en as pas menti, et je vais entrer en référer. Reste ici et attends-moi. »

L'homme s'empressa d'entrer annoncer la nouvelle et, peu après, ressortit pour introduire le jeune homme.

Le général Li siégeait dans la grande salle de la résidence. Le jeune homme se prosterna à deux reprises, puis se releva et expliqua en détail les raisons de sa venue. Le général était un vieux militaire : il ajouta foi à cette histoire puis, sans nul soupçon, enjoignit à une de ses ordonnances d'aller annoncer à Émeraude que « son frère était là et qu'il fallait qu'elle vînt le voir ».

Émeraude, obéissant aux ordres, apparut bientôt dans la grande salle, salua Jin Ding comme une sœur salue son grand frère et demanda des nouvelles de la famille ; mais en dehors de cela, elle ne put proférer un seul mot et resta simplement en face de lui, la gorge nouée par l'émotion.

« Puisque tu viens de bien loin, dit le général, et que tu as derrière toi un voyage éprouvant, tu dois être las d'esprit et de corps ! Tu pourras te reposer chez moi, et de mon côté il faudra que je te trouve un travail en attendant. »

En même temps, il offrit à Jin Ding une tenue complète, dont il lui dit de se vêtir, ainsi que de la literie et des couvertures, qu'il fit porter dans un petit pavillon près du portail de l'Ouest, où il dit au jeune homme d'aller loger.

Le lendemain, il lui demanda :

« Ta sœur sait lire, mais toi, t'entends-tu à l'art d'écrire ?

– Votre serviteur est, dans son pays, lettré confucéen de son état ! Mon métier, c'est justement les livres et les écrits : j'ai parcouru entièrement les Classiques, les Histoires, les Philosophes et les Belles-Lettres. J'en ai la pratique régulière, vous pouvez bannir tout doute à ce sujet. »

Le général, enchanté, reprit :

« Moi, je n'ai pas eu, depuis mon enfance, l'occasion d'aller à l'école, et c'est à la faveur des troubles que j'ai fait carrière et suis devenu célèbre ! J'ai une maisonnée bourrée de domestiques et de serviteurs, les invités encombrent mes portes, et il n'y a personne pour les accueillir ! Les lettres et documents s'empilent sur mes tables, et je n'ai personne pour y répondre !... Tu pourrais t'installer chez moi et devenir mon secrétaire particulier. »

Le jeune homme, qui était pétri d'intelligence et avait en outre un naturel doux et affable, décida de déployer ses dons éminents et de demeurer au service du général. Il surveilla attentivement son comportement, sut se concilier la bienveillance des supérieurs et le dévouement des inférieurs, gagna les faveurs de tout le monde, et accomplit à la perfection les tâches les plus complexes de secrétariat. Et le général, considérant qu'il avait trouvé l'homme qu'il lui fallait, le traita avec magnanimité.

Cependant, Jin Ding était venu pour retrouver son épouse, et depuis leur unique entrevue dans la grande salle, il n'avait plus jamais pu la revoir, car elle était recluse dans la profondeur du gynécée, où le personnel de l'extérieur n'avait pas accès. Son seul désir était de lui faire connaître ses sentiments, mais l'occasion propice ne se présentait toujours pas.

Insensiblement, plusieurs mois passèrent.

À l'époque de la distribution des vêtements, les vents d'ouest se mirent à souffler au crépuscule, la rosée devint gelée blanche, et le jeune homme, dans sa chambre solitaire, composa, lors d'une de ses nuits d'insomnie, un poème régulier qui disait :

*Aux rambardes de jade fleur chérie transplantée*
*Je ne puis revoir ta printanière beauté !*
*Heureux, comment imaginer le désespoir ?*
*Aisée la séparation, ardu le revoir !*
*Quand le coursier des Marches sera-t-il de retour ?*
*Cette nuit le phénix danse seul dans la cour.*
*Aux portes et fenêtres, épaisses nues et brumes :*
*Las ! c'est ingratitude envers la pleine lune !*

Le poème terminé, il l'écrivit sur une bande de papier qui, pliée, fut cousue dans le col d'une tenue. Il donna une centaine de sapèques à un jeune serviteur et lui dit :

« Le temps s'est mis au froid, et mes habits sont tout élimés. Sois gentil, porte cette tunique à ma petite sœur pour qu'elle la nettoie et la raccommode, afin que je puisse me protéger des rigueurs de l'hiver. »

Le petit domestique porta la tunique à Émeraude, qui devina l'intention cachée et, en défaisant la tunique, trouva le poème. Complètement bouleversée, elle contint ses sanglots et, versant silencieusement des larmes, composa en réponse un poème qui fut à son tour cousu dans le col et remis à Jin Ding. Il disait :

*Depuis qu'ont éclaté chez nous guerres et troubles,*
*De nouvelle détresse mon vieux chagrin se double.*
*Si mon cœur est brisé, mon amour ne l'est pas,*
*Et je serai à toi enfin dans le trépas.*
*Tel le miroir brisé gardé par Xu Deyan,*
*Le dragon s'ébattant chanté par Cao Zijian.*
*Le sort de Perle-verte, Jade-bleu, cœurs minés,*
*Est aujourd'hui le mien ! Qui l'eût imaginé ?*

Quand il trouva ce poème, Jin Ding sut que son épouse était résolue à mourir : il abandonna alors tout espoir, et sa déréliction s'accrut encore au point qu'il tomba victime d'une grave maladie chronique.

Sa « sœur » obtint du général l'autorisation de se rendre une seule fois à son chevet pour prendre des nouvelles de sa santé, mais le jeune homme était déjà moribond. Quand Émeraude le prit dans ses bras pour le soulever, il tourna la tête vers elle, la regarda intensément, les yeux noyés de larmes, puis poussa un long soupir et rendit l'esprit.

Le général, compatissant, le fit inhumer au pied des pentes du mont Daochang. Émeraude accompagna le cercueil, puis s'en revint et, la nuit même, tomba malade à son tour ; refusant de prendre tout remède, se tournant et se retournant sur sa natte, elle resta prostrée deux mois durant.

Un matin, elle annonça au général :

« Depuis que votre servante a dû abandonner sa famille et vous suivre, huit années déjà se sont écoulées. Exilée loin de chez moi, où que je lève les yeux, je n'avais nul parent, si ce n'est un frère aîné qui, ultime coup du sort, est à présent défunt. Malade comme je le suis, je ne me relèverai jamais, et je vous supplie d'ensevelir ma dépouille près de celle de mon frère, dans l'espoir qu'au royaume des Sources-Jaunes je puisse disposer d'un appui, et ne pas être une âme errante et solitaire en contrée étrangère ! »

À ces mots, elle expira.

Le général, en exécution de ses ultimes volontés, la fit inhumer à gauche de son « frère », et il y eut désormais au pied du mont Daochang un double tumulus funéraire.

Au début de l'ère Hongwu (1368), Zhang Shicheng fut écrasé.

Il y avait dans la famille d'Émeraude un vieux serviteur qui s'était fait négociant ; ses voyages l'ayant mené à Huzhou, il passa au pied du mont Daochang, où il avisa les portes laquées de rouge d'une demeure fastueuse, ombragée de saules et de sophoras. Et il eut la surprise d'apercevoir Émeraude et le jeune Jin, debout épaule contre épaule ! Ils l'appelèrent et le firent entrer, demandèrent si leurs parents étaient encore en vie, évoquèrent de vieux souvenirs de leur pays natal... Et l'ancien domestique, à son tour, demanda comment la demoiselle et messire pouvaient se trouver là.

Émeraude expliqua :

« Tout a commencé quand, lors des troubles, j'ai été enlevée par le général Li. Ensuite, mon mari a accompli le long voyage pour me chercher, et le général n'a pas fait de difficulté pour me rendre à lui. Après quoi nous nous sommes installés ici en étrangers.

– Pour moi, dit le vieil homme, je m'en retourne maintenant à Huai'an, et Mademoiselle pourrait écrire une lettre pour donner de ses nouvelles à ses parents. »

Émeraude garda le voyageur pour la nuit et le régala de mets fins : riz parfumé de Wuxing, carpes de la rivière Tiao, arrosés de vin de Wucheng.

Le lendemain, elle rédigea une lettre à l'intention de ses parents, et écrivit ceci :

*C'est en toute humilité que j'évoque la bonté, infinie et impossible à revaloir, des parents qui m'ont élevée ! Mais le mari dirige, et son épouse le suit ; ce sont les fameux devoirs de triple obéissance. Les principes de l'existence humaine sont bien établis, et combien les événements actuels sont difficiles ! Jadis le soleil de la dynastie Han déclina, et Chu sombra dans les miasmes délétères : et l'on vit de fameuses lames Tai'a prises à l'envers, des enfants jouant à la guerre parmi les diguettes et les étangs ! Tandis que les grands sangliers et les serpents géants essayaient mutuellement de s'avaler, l'abeille mâle et le papillon femelle fuirent, chacun de son côté, pour leur salut. N'ayant, lors de cette séparation précipitée, pu finir comme un jade brisé, c'est comme une tuile intacte que, dans mon affolement, je me suis retrouvée. Tel un cheval de bataille au galop, prêt pour un long voyage, j'aspirais au firmament, mais les ailes me manquaient pour voler. À la pensée de mon pays natal, mes trois âmes m'abandonnaient. Les temps heureux étaient aisément révolus, et je souffrais, tendre phénix, d'être la compagne d'un coq de bois. Je n'eus que haine pour ce compagnon, mon ennemi, tout en craignant que le corbeau noir ne l'emportât sur le phénix de cinabre. Bien que j'aie répondu par une apparente gaieté, tant d'émotions, en définitive, m'accablaient de chagrin. Par les nuits de lune, tandis que chantait le coucou, je rêvais d'être un papillon porté par le vent de printemps. Mais les temps changent, les faits passent, et quand on est au bout de l'amertume, vient la douceur.*

*Présentement, j'ai été rendue à mon époux, comme la belle restituée par Yang Su, comme les concubines libérées du harem par Wang Dun ; c'est ainsi que le rendez-vous put être tenu à l'île des Bienheureux, que l'ami put être retrouvé aux bords de la Xiao et de la Xiang. Moi qui, me prenant en pitié, me plaignais de mon destin ingrat, je n'ai rien à redire à ce tardif plaisir printanier, et, quoique la branche de saule de Zhangtai ait été brisée par un autre, la fleur de pêcher n'a pas changé et reste comme avant. Si l'on dit que, infidèle, j'ai jeté la jarre dans le puits et brisé l'épingle de tête, comment espérer la restitution du jade précieux et le retour des perles ? Mon sort fut comparable à celui de la jeune Flûte-de-jade, qui demeura fidèle au cours de deux existences, plutôt qu'à celui de la belle au chasse-mouches rouge, qui dans l'instant se donna à Li Jing. C'est le Ciel qui en disposa ainsi, et nul de ces événements ne fut fortuit. Après que les cordes brisées ont été si miraculeusement recollées, ce fut une nouvelle union pleine d'harmonie. J'envoie ceci comme une bouteille à la mer, afin de vous témoigner mon attachement ; et avant de vous servir avec obéissance, je vous présente cette missive.*

Quand les parents reçurent cette lettre, ils furent transportés de joie. Le père d'Émeraude fit immédiatement louer un bateau et, accompagné du domestique, se rendit de la Huai au Zhejiang. Ils s'en furent d'une traite à Wuxing, puis au pied du mont Daochang, à l'endroit où l'homme avait récemment passé la nuit : mais ils ne trouvèrent que lande déserte et herbes folles, où se croisaient les traces de renards et de lapins. Quant à la résidence splendide que l'homme avait vue naguère, ce n'était qu'un double tumulus funéraire, l'un à l'est, l'autre à l'ouest !

Tandis que les deux hommes, interloqués, cherchaient à comprendre, le hasard voulut qu'un moine errant, appuyé sur son bâton de bonze, s'en vînt à passer ; ils l'interrogèrent respectueusement, et il les renseigna :

« Ce sont les tombes du jeune Jin et d'Émeraude, que le général Li a fait enterrer ici dans les temps. Comment voudriez-vous que quelqu'un habite en ces lieux ? »

Effarés, ils exhibèrent la lettre d'Émeraude pour la lui montrer : mais ce n'était plus qu'une feuille de papier blanc !

À cette époque, le général Li avait été exécuté

par l'actuelle dynastie Ming, et il n'y avait personne à qui demander davantage de renseignements.

Le père d'Émeraude se mit à pleurer sur la tombe de sa fille en disant :

« Avec ta lettre trompeuse, tu m'as fait faire un voyage de mille lis, et ton seul désir était de me revoir. Maintenant que je suis ici, voici que tu disparais sans la moindre trace, que tu te caches et te dissimules ? Alors que dans la vie je fus ton père, dois-tu donc dans la mort être brouillée avec moi ? Si tu disposes de pouvoirs surnaturels, ne me refuse pas une rencontre, et délivre-moi des doutes qui me tourmentent. »

Cette nuit-là, il dormit entre les tombes.

Après la troisième veille, Émeraude, accompagnée de son mari, vint s'agenouiller devant lui en pleurant et en se lamentant. Son père, tout sanglotant, la consola et lui demanda ce qui s'était passé. Elle lui narra toute la suite de ses malheurs et dit :

« Autrefois, quand les calamités s'abattirent à notre porte et quand les troupes ravagèrent les districts voisins, je ne pus imiter l'héroïsme des sœurs Dou, mais fus capturée par un nouveau général Shatuoli. Toute honte bue, je survécus, mais dus abandonner mon pays natal et quitter ma patrie. J'enrageai que ce fragile corps d'orchidée fût assorti à un rustaud et courtier de bas étage. Trop consciente d'être comme cette concubine de la famille Shi dont on achetait les sourires, comment eussé-je eu le loisir de m'apitoyer sur cette femme du pays de Xi qui, dans le même cas que moi, ne parla plus jamais ! J'avais beau appeler l'aide du Ciel, c'était sans issue, et chaque jour me durait autant que trois années. Mon époux cependant, fidèle à notre ancien amour, endurait toutes les peines du monde pour venir de loin me chercher. Nous donnant pour frère et sœur, nous pûmes nous rencontrer une seule fois : mais malgré notre union conjugale, nous restâmes séparés sans finalement pouvoir nous rejoindre jamais ! Alors il tomba malade et trépassa le premier, mais le chagrin qui me minait m'emporta à sa suite. Je demandai à être ensevelie à son côté, et par bonheur nous fûmes réunis dans la mort. Voilà l'essentiel de notre histoire, que les mots les plus profonds et subtils ne sauraient épuiser ! »

Le père dit :

« En fait, mon intention, en venant ici, était de te ramener à la maison, pour que tu me serves dans mon vieil âge. Mais puisque tu n'es plus de ce monde, je veux emporter tes ossements pour les joindre à ceux de nos ancêtres : ainsi, je n'aurai pas fait ce voyage en vain ! »

Émeraude répondit en pleurant de nouveau :

« De mon vivant, il ne m'a pas été donné de

servir mes parents ni de veiller sur leur bien-être ; dans la mort, j'ai eu la malchance d'être loin des miens, séparée des sépultures ancestrales. Pourtant, de même que, sur la terre, on cherche la tranquillité, dans l'au-delà, la paix est également souhaitable, et des déplacements me causeraient au contraire peines et tracas. D'autant que les collines et les cascades de la région sont pleines de beauté et de charme, et que les plantes et les arbres sont abondants et luxuriants : puisqu'en ces lieux j'ai trouvé l'apaisement, partir n'est pas ce que je désire ! »

À ces mots, elle serra son père dans ses bras et éclata en sanglots : c'est alors qu'il s'éveilla en sursaut et comprit que tout cela avait été un songe.

Le lendemain, il vint faire sur la tombe les offrandes de vin rituelles ; puis, avec son serviteur, il rebroussa chemin et rentra chez lui. Et jusqu'à maintenant on montre encore aux passants les tombes de Jin Ding et de son épouse Émeraude.

# *La belle aux habits verts*

Zhao Yuan de Tianshui avait de bonne heure perdu père et mère, et n'avait pas encore pris femme. Au cours de l'ère Yanyou (1314-1321), il fit un voyage d'étude à Qiantang et s'installa en étranger sur les pentes du Mont-aux-Puéraires, à proximité du lac de l'Ouest, près d'une ancienne demeure de Jia Sidao des Song.

Yuan, qui vivait seul, s'ennuyait ferme, et un soir qu'il était allé, au crépuscule, s'appuyer sur le devant de sa porte, il vit venir de l'est une jeune fille tout de vert vêtue, à la coiffure en double chignon. Elle pouvait avoir une quinzaine d'années et, bien qu'elle ne fût ni fardée ni poudrée, elle était d'une extraordinaire beauté, et Zhao Yuan la suivit longuement des yeux.

Le lendemain, sortant de chez lui comme la veille, il l'aperçut derechef, et cela se reproduisit au total plusieurs fois : elle venait régulièrement à la tombée du jour.

Yuan lui demanda enfin, par manière de plaisanterie :

« Où se trouve donc votre demeure, pour que vous veniez ici soir après soir ? »

Elle se prosterna et rétorqua en riant :

« Ma maison est voisine de la vôtre, mais vous ne vous en doutez pas ! »

Yuan la lutina, pour voir, et elle répondit si gaiement à ses avances qu'il la retint chez lui pour la nuit ; et ils goûtèrent les joies d'une profonde intimité.

À l'aube suivante, elle prit congé, pour revenir avec la nuit.

Cela dura plus d'un mois, et leur amour était extrême. Yuan lui demanda comment elle s'appelait, où elle habitait, mais la belle lui dit :

« Tu as obtenu une jolie femme, n'est-ce pas suffisant ? À quoi bon vouloir à toute force en savoir davantage ? »

Comme il continuait à la presser de questions, elle lui dit :

« Puisque j'ai toujours une robe verte, tu n'as qu'à m'appeler "la femme en vert", et voilà tout ! »

En définitive, elle refusa de lui dire où elle demeurait. Yuan, pour sa part, se dit qu'il avait affaire à quelque suivante ou concubine de grande maison, qui sortait nuitamment pour des escapades secrètes et qui, craignant que cela ne devînt manifeste et ne s'ébruitât, préférait par conséquent ne rien révéler.

En tout cas, sa confiance en elle était totale, il la chérissait, il l'adorait !

Un soir qu'il était pris de vin, il dit, pour plaisanter, en désignant les vêtements de la jeune femme :

« Voilà ce qu'on peut vraiment appeler

*Verte, verte la robe,*
*La bigarrure,*
*Pour la roture !...* »

Elle rougit de confusion... et ne vint plus pendant plusieurs soirs !

Lorsqu'elle réapparut, Yuan lui demanda la cause de son absence. Elle dit alors :

« En fait, mon intention était de rester toujours avec toi, mais que faire si je me vois traitée comme une domestique, au point d'être toute décontenancée, tant j'ai honte ? C'est la raison pour laquelle, plusieurs jours durant, je n'ai pas osé venir te tenir compagnie... Mais puisque tu es déjà au courant, je ne te cacherai maintenant plus rien, et je te prie de me permettre de tout te dire. Toi et moi, nous sommes de vieilles connaissances, et présentement, si nous n'éprouvions pas l'un pour l'autre un immense amour, il ne m'aurait jamais été possible de venir ici ! »

Yuan, stupéfait, lui demanda de s'expliquer, et elle reprit avec affliction :

« Mais puis-je être sûre que tu n'auras pas peur de moi ? Eh bien, en réalité, je ne suis pas une créature de ce monde... Mais d'autre part, je ne saurais non plus être pour toi une source de malheurs, car c'est une question de sort infernal, d'anciennes affinités prédestinées qui n'ont pas été épuisées ! »

Yuan sursauta de surprise et s'exclama :

« Je serais curieux de savoir exactement ce dont il s'agit ! »

Elle continua :

« Je suis une suivante du défunt ministre des Song, Jia Sidao. Issue originellement d'une excellente famille de Lin'an, je me montrai très tôt enfant prodige au jeu de *weiqi*, les échecs d'encerclement, ce qui fit qu'à l'âge de quatorze ans, on me prit comme suivante joueuse d'échecs. Chaque fois que Jia Sidao revenait de la cour ou qu'il donnait un banquet dans la salle des Menus-Loisirs, il ne manquait pas de me faire appeler pour jouer et me témoignait une très grande faveur... À cette époque-là, tu étais, toi, domestique à coiffe bleue dans sa maison ! Ta fonction était de préparer le thé, et c'est la raison pour laquelle, chaque fois que tu apportais le thé et les tasses, tu pouvais pénétrer dans les appartements privés. En ce temps-là, tu étais jeune, et d'une beauté qui m'avait frappée : je t'admirais et un jour, à la faveur de l'obscurité, je t'ai lancé une bourse à sapèques en soie brodée ! De ton côté, tu m'as fait cadeau d'une boîte à fard, en écaille. Mais malgré l'attrait que nous éprouvions l'un pour l'autre, l'intérieur et l'extérieur de la résidence restaient strictement séparés et secrets, et nous ne pûmes jamais trouver l'occasion propice... Par la suite, une de mes camarades, qui m'avait percée à jour, me calomnia auprès de Jia Sidao, et l'on nous accorda, à toi et à moi, la faveur de mourir ensemble près du Pont-Coupé du lac de l'Ouest... Maintenant, te voici, toi, revenu en ce monde sous la forme d'un homme, tandis que moi, je suis toujours sur le registre des fantômes ; comment échapper à ce destin ? »

À ces mots, elle versa un flot de larmes en gémissant.

Mais Yuan était lui aussi bouleversé par ce récit, et au bout d'un moment il dit :

« S'il en est réellement ainsi, c'est que nous sommes unis par des affinités pour une nouvelle vie ; il faut donc nous aimer plus encore, pour que cela compense nos vœux inexaucés de jadis ! »

Dès lors, elle resta dans la maison de Yuan sans plus le quitter. Normalement, Yuan n'était pas très fort aux échecs, mais elle lui apprit à jouer et lui transmit toute sa merveilleuse maîtrise du jeu, et tous ceux qui d'ordinaire étaient célèbres comme brillants joueurs ne purent plus, quels qu'ils fussent, lui résister !

Chaque fois que la jeune femme contait une anecdote sur Jia Sidao et parlait de ce dont elle avait été témoin autrefois, elle en faisait le récit très clair et circonstancié.

Elle narra par exemple ceci : un jour, Jia Sidao, appuyé à un pavillon, laissait errer son regard à l'horizon, quand le hasard fit que deux hommes en habits simples et turbans noirs, débarquant d'un petit bateau, montèrent sur la rive du lac. Une des concubines s'exclama : « Quelle beauté, ces deux jeunes gens ! – Auriez-vous envie d'être à leur service ? demanda-t-il. Dans ce cas, il faudrait faire une demande en mariage ! » La concubine éclata de rire sans répondre. Un moment plus tard, il ordonna à un domestique d'apporter un coffret, cria à toutes les concubines d'approcher et dit : « Tout à l'heure, j'ai fait la demande en mariage de telle concubine ! » Elles ouvrirent le coffret et regardèrent : il contenait la tête de la concubine en question, et toutes les autres se retirèrent avec un frisson d'horreur !

Une autre fois, il fit acheter plusieurs centaines de bateaux de sel, qu'il fit transporter à la capitale pour le vendre. Alors, un étudiant du Grand Collège fit un poème disant :

*Au fleuve, cette nuit, remous et turbulences :*
*Par pleins bateaux, c'est le sel de Son Excellence !*
*Bien qu'il fût destiné aux assaisonnements*
*Il n'en fallait pourtant pas tant, assurément !*

Lorsque ces lampons parvinrent aux oreilles de Jia Sidao, il fit jeter en prison le lettré responsable, qui fut condamné pour calomnie !

Une autre fois, alors que la population du Zhexi avait à souffrir du système des « champs communs », quelqu'un inscrivit sur le bord de la route un poème satirique qui disait :

*Xiangyang isolée, assiégée des ans durant...*
*Mais foin de guerre, près du lac on prend du bon temps !*
*On ne veut rien savoir des passes stratégiques*
*On accable le peuple de « champs communs » iniques.*

Lorsque Jia Sidao l'apprit, il fit arrêter le responsable, qui fut déporté au loin.

Une autre fois, il offrit un repas à un millier de taoïstes. Quand ils furent tous là au complet, voici qu'arriva un autre taoïste aux vêtements en guenilles : il se présenta à la porte et demanda un repas. Le maître fit répondre que, le nombre fixé étant atteint, il n'y avait pas de raison de le laisser entrer. Mais le taoïste insista de plus belle au lieu de s'en aller, et Jia Sidao dut se résigner à lui faire donner à manger près de la porte. Une fois que l'homme eut terminé, il reposa son écuelle sur la table et s'en fut. Comme tous les autres, unissant leurs forces, avaient essayé de soulever l'écuelle sans parvenir à la bouger, ils s'en ouvrirent à Jia Sidao, qui vint en personne et la souleva, découvrant en dessous un distique qui disait :

*Si s'offre belle retraite, prenez-la sur l'heure,*
*Car à Zhangzhou viendront les fruits, après les fleurs !*

C'est alors seulement qu'il comprit qu'il avait reçu, sans s'en rendre compte, la visite d'un véritable Immortel ! Mais en définitive, il ne parvint pas à percer la signification de ce mystérieux Zhangzhou... Las ! qui eût dit que les périls de l'ermitage du Kapokier, à Zhangzhou, l'attendaient !

Un autre jour, il y eut un batelier qui amarra son embarcation près de la digue de Su Dongpo ; c'était juste l'époque de la canicule, et il se coucha à l'arrière de son bateau, mais ne put fermer l'œil de la nuit. C'est alors qu'il vit trois hommes minuscules, ayant à peine la taille d'un pied, qui étaient réunis sur le sable de la grève et devisaient : « Le sieur Zhang arrive, que faire ? disait l'un. – Le premier ministre Zhang est d'une grande cruauté : à coup sûr il ne pardonnera pas ! disait un autre. – Pour moi, tout est fini, mais vous pourrez, vous, voir sa ruine ! » conclut le troisième. Après quoi ils se mirent tous ensemble à pleurer et rentrèrent dans l'eau. Or le lendemain, certain pêcheur nommé Zhang attrapa une tortue d'eau douce d'un diamètre de plus de deux pieds, qu'il s'en fut livrer à la résidence de Jia Sidao... et moins de trois ans plus tard les malheurs se déchaînaient. Ces calamités, ces créatures les connaissaient déjà à l'avance : c'est la destinée, à laquelle il est impossible de se soustraire !

« Que je t'aie présentement rencontrée, dit Zhao Yuan à la belle, est-ce que ce n'est pas l'effet du destin ?

– Voilà, dit-elle, qui est tout à fait vrai !

– Mais ton énergie vitale d'esprit est-elle susceptible de demeurer longtemps en ce monde ?

– Quand le moment sera venu, elle se dissipera.

– S'il en est ainsi, quand sera-ce ?

– Dans trois ans. »

Cependant, Yuan n'y crut pas.

Lorsque ce temps fut venu, la jeune femme tomba malade et s'alita pour ne plus se relever.

Yuan voulut faire venir un mire, mais elle refusa en disant :

« Autrefois, je t'ai véritablement prévenu ! Les liens de nos affinités prédestinées, notre amour de mari et femme, les voici qui prennent fin maintenant ! »

Alors, serrant de sa main le bras de Yuan, elle lui fit ses adieux en ces termes :

« En tant que créature du monde obscur, il m'a été donné de te servir et, comme j'ai eu la faveur de n'être pas rejetée, il m'a été possible de te chérir pendant tout ce temps. Jadis, une simple pensée d'amour secret nous a tous deux précipités dans un malheur imprévisible, mais la mer séchera, les pierres fondront avant que nos regrets soient effacés ; la terre s'épuisera, le ciel se videra avant que notre amour soit anéanti ! Maintenant que, par bonheur, il m'a été donné de continuer l'amour d'une existence antérieure, de tenir la promesse d'une vie précédente, ces trois années passées ici ont comblé tous mes vœux. Je te prie désormais de me quitter, et de ne plus penser à moi ! »

Ayant dit, elle tourna son visage vers le mur et s'endormit. Yuan eut beau l'appeler, elle ne répondit plus.

Bouleversé, il fit confectionner bière et cercueil afin de l'inhumer.

Au moment de l'enterrement, il fut frappé de la légèreté étrange du cercueil. Il l'ouvrit pour l'examiner : il ne contenait que sa robe verte, ses épingles de tête et ses boucles d'oreilles !

C'est donc un cercueil vide qu'il inhuma au pied du Mont-du-Nord. Et Yuan, par reconnaissance pour son amour, ne se remaria pas ; il alla chercher asile au Lingyinsi, le monastère de l'Ermitage-Surnaturel, où il entra en religion et vécut en bonze jusqu'à la fin de ses jours.

*Bijou*

Qiongnu – Bijou –, de son nom de famille Wang, et de son prénom social Runzhen, était originaire de Changshan [au Zhejiang]. Quand elle avait deux ans, son père mourut et sa mère, née Tong, l'emmena avec elle lorsqu'elle se remaria avec un riche personnage, nommé Shen Bigui. Shen, qui n'avait pas d'enfant, aimait Bijou plus que si elle eût été sa propre fille.

À l'âge de treize ans, Bijou était déjà très cultivée et experte à la composition de chansons et de poèmes à chanter, et connaissait, par surcroît, fort bien la musique ; enfin, dans les quatre domaines de la pureté des mœurs, du beau langage, du maintien et de l'habileté, elle ne laissait rien à désirer, et partout à la ronde les prétendants rivalisaient pour obtenir sa main.

À l'époque, il y avait deux prétendants particulièrement empressés, nommés Xu Congdao et Liu Junyu. Xu était le descendant d'une haute lignée, pauvre et incorruptible, alors que Liu était un roturier qui avait soudain fait fortune. Le fils de Xu s'appelait Tiaolang, celui de Liu, Hanlao ; tous deux étaient parfaitement élégants et distingués, et de plus, ils avaient le même âge que Bijou.

Shen Bigui songeait à donner sa fille à Liu, mais la basse origine de ce dernier le faisait réfléchir ; d'autre part, la donner à Xu suscitait aussitôt des soucis, à cause de la grande pauvreté de cette famille ! Aussi hésitait-il, ne sachant quel parti choisir. Un jour, il prit conseil d'un membre fort avisé de son clan, et celui-ci lui proposa un plan :

« Ta seule préoccupation doit être de faire choix d'un gendre de valeur ; tout le reste est sans importance !

– Certes, dit Shen, mais comment déterminer que c'est un garçon de valeur ?

– Rien de plus facile ! Tu n'as qu'à donner un grand banquet où tu inviteras spécialement les deux jeunes gens ; tu convieras aussi des anciens qui aient du discernement et qui auront pour tâche de les observer en secret. Ainsi, primo ils jaugeront leur caractère et leur personnalité, secundo ils les mettront à l'épreuve pour déceler leur talent littéraire et leur culture. Tu choisiras le meilleur pour lui donner ta fille : et voilà comment on choisit un gendre ! »

Shen trouva le procédé très raisonnable.

À la deuxième lune, le quinzième jour, Shen donna le banquet, auquel il convia tous les notables et célébrités de la région ; ils s'y rendirent au complet, et Junyu et Congdao vinrent bien entendu aussi, accompagnés de leurs fils.

Le jeune Hanlao, parfaitement vêtu, se montra d'une grande politesse et douceur de manières, mais dans son comportement en société ne laissa pas, cependant, de paraître quelque peu gêné aux entournures. Tiaolang, lui, dont le visage était ouvert et gracieux, dont la conversation et les propos étaient choisis et raffinés, était coiffé et vêtu avec la plus grande simplicité et se comportait le plus naturellement du monde.

Il y avait parmi les convives un nommé Gengyun, « Laboure-nuages », qui était le doyen du clan Shen et surnommé Zhiren, « Connaisseur-d'hommes » ; dès qu'il eut vu les deux jeunes gens, il discerna d'emblée, en son for intérieur, lequel des deux était le meilleur. Aussi déclara-t-il à tout le monde :

« Mon neveu Bigui a une fille d'âge nubile, et les sieurs Xu et Liu désirent la demander en mariage pour leurs fils, qui sont tous deux des garçons également accomplis. Il reste maintenant à savoir auquel des deux la fille est vouée, par affinité prédestinée. »

Shen se leva pour répondre :

« Voilà une question qui ne saurait être mieux résolue qu'en nous en remettant à vous, cher doyen ! »

Gengyun continua :

« Les Anciens recouraient au tir à l'arc, au fil de soie, au siège improvisé, et cetera, pour se choisir un gendre. J'userai, moi, d'une autre méthode. »

Il appela les deux garçons devant lui et leur montra quatre peintures qui étaient accrochées au mur et intitulées :

*Être féru de fleurs printanières et se lever tôt,*
*Aimer les nuits de lune et se coucher tard,*
*Cueillir le reflet de la lune sur l'eau,*
*Jouer avec les fleurs et s'imprégner de leur parfum.*

« Jeunes gens, dit-il, exprimez quelque peu vos géniales idées, et essayez d'improviser une composition sur ces thèmes ! Ce sera le critère du choix ou du refus ! »

Malheureusement pour lui, Hanlao, qui était né et avait grandi dans une famille de richards, n'avait guère montré de zèle dans sa pratique de la poésie et de la calligraphie, et devant cette mise en demeure, il resta stupide puis, malgré un long temps de réflexion, n'arriva à rien. Tiaolang, en revanche, prit tranquillement son pinceau et en un moment eut fini ses poèmes, qu'il présenta respectueusement au doyen. Gengyun ne tarit pas d'éloges...

Junyu, voyant que son fils n'avait pas réussi à aligner trois mots, fut couvert de honte ; le père et le fils quittèrent la table et s'éclipsèrent avant la fin de la fête.

Le reste de l'assemblée fut unanime à proclamer que Tiaolang était le meilleur, et du même coup, son engagement de mariage avec Bijou se trouva scellé.

Un mois plus tard, on choisit un jour faste pour l'envoi des présents de fiançailles. Après cela, Shen, qui aimait beaucoup son futur gendre, et qui voulait recevoir fréquemment sa visite, lui offrit un logement dans sa demeure, afin qu'il pût poursuivre ses études.

Un jour que la dame Tong était légèrement malade, Tiaolang, étant entré prendre des nouvelles de sa santé, tomba justement sur Bijou, qui était en train de donner une potion à sa mère ; la jeune fille n'avait nullement prévu l'irruption de Tiaolang et n'eut pas le temps de se détourner pour l'éviter : et Tiaolang put voir sa fiancée face à face devant le lit de la mère. Il la considéra et constata qu'elle était d'une extraordinaire beauté. Il sortit, tout ravi par-devers soi, puis scella un billet de papier rouge qu'il fit porter par une servante à Bijou.

Elle l'ouvrit, mais n'y trouva pas un mot ! Elle éclata de rire et répondit par un poème :

*Reflet de mon visage, ce billet cramoisi !*
*Quoi ? le garçon de jade serait donc si épris ?*
*Des jolies phrases, un amoureux en a toujours,*
*Mais lui, au lieu d'écrire : « Je t'aime », reste court !*

Tiaolang emporta ce poème et s'en servit pour fanfaronner devant Hanlao. Ce dernier, qui avait conçu une violente jalousie envers son heureux rival, conta la chose à son père Junyu. Celui-ci à son tour, au lieu de s'en prendre à son fils d'avoir été trop paresseux pour étudier, se mit, grinçant des dents, à haïr jusqu'aux moelles les Xu et les Shen. Sans tarder, il forgea contre eux une accusation calomnieuse. Comme ils n'étaient pas parvenus à se disculper, toute la maisonnée de Xu fut envoyée au bagne dans l'extrême nord, à Liaoyang, tandis que la famille entière de Shen était déportée à la garde des Marches des provinces méridionales !

Au moment des adieux, les fiancés durent se quitter, l'âme navrée, sans même pouvoir se parler, et tous ceux qui assistèrent à la scène en eurent les larmes aux yeux. Après cela ils furent séparés, lui au nord, elle au sud, et sans nouvelles l'un de l'autre.

Peu après, Shen Bigui mourut subitement, et les affaires de sa famille déclinèrent : seules survécurent la dame Tong et sa fille, qui vivotaient chichement dans une hutte de chaume, en vendant du vin au bord d'une route. En raison des malheurs et de la misère, Bijou n'avait plus son éblouissant éclat de naguère mais, dans la fleur de sa jeunesse, sa beauté demeurait quand même hors du commun.

Elle plaisait à certain commandant militaire provincial nommé Wu, qui voulait l'épouser pour en faire sa concubine ; mais la dame Tong avait décliné en alléguant le fait que Bijou était déjà fiancée. Wu, qui connaissait son histoire, envoya une entremetteuse plaider sa cause et dire :

« Le jeune Xu est en garnison au Liaodong, et nul ne sait s'il est mort ou vivant ; quand bien même il ne lui serait rien arrivé de fâcheux, comment pourrait-il jamais venir ici et se marier ? Au lieu de garder stupidement de vains espoirs, et de gâcher des mois et des années précieux, mieux vaudrait venir dans une haute famille, la mienne, où vous auriez toutes les deux, mère et fille, tout ce qu'il faut. De la sorte, vous ne passeriez pas votre vie en vain ! »

Mais Bijou s'obstina dans son refus. Wu envoya de nouveau comme intermédiaire une vieille femme, qui fit pression sur la mère et la fille par le biais des autorités. La dame Tong prit peur et tint conseil avec Bijou :

« Depuis que le jeune Xu est parti, dit-elle, cinq

années ont passé ; l'un est au bout du monde, l'autre à la fin du ciel : "le poisson est noyé et l'oie sauvage a disparu", comme on dit. C'est véritablement ce qu'on appelle une situation où l'homme est aux mers du nord, la femme abandonnée aux mers du sud, et où l'étalon et le taureau ne peuvent rejoindre la jument et la vache !... Cet homme influent qui a jeté les yeux sur toi veut maintenant essayer de te contraindre, et toutes deux, une orpheline et une veuve, par quel artifice pourrons-nous jamais lui résister ? »

Bijou répondit en pleurant :

« Si la famille Xu a été victime du malheur, c'est en fait à cause de moi. Et si maintenant je me retirais pour suivre quelqu'un d'autre, ce serait tourner le dos à notre engagement, et pure déloyauté. Or ce qui distingue l'homme des brutes et des bêtes sauvages, c'est qu'il possède la sincérité et la fidélité. Rejeter un ancien lien pour en nouer un nouveau, c'est manquer à la sincérité et à la loyauté, et qui manque à la sincérité et à la loyauté ne vaut pas mieux qu'un chien ou un porc ! Je mourrai donc, tout simplement, plutôt que de m'abaisser ainsi. »

Après quoi elle composa un poème sur l'air *Du parfum plein la maison* puis, cette nuit-là, elle se pendit dans sa chambre. Mais sa mère soupçonna quelque chose et vint la détacher ; il lui fallut cependant beaucoup de temps pour la ranimer.

Le commandant Wu, apprenant la nouvelle, entra dans une grande colère. Il envoya des sbires dans la boutique pour mettre en pièces bouteilles et flacons puis chasser les deux femmes, car il voulait briser leur obstination en les réduisant à la misère.

À l'époque, il y avait un vieux commissaire de relais de poste, nommé Du, qui était lui aussi originaire de Changshan, et avec qui Shen Bigui, de son vivant, avait été lié d'amitié. Il prit pitié de la dame Tong et de sa fille dans l'indigence, et leur prêta une pièce de la galerie latérale du relais, où il les hébergea.

Un jour, il y eut parmi les voyageurs de passage trois ou quatre gardes des frontières en uniforme, qui descendirent au relais de poste. Le sieur Du leur demanda d'où ils venaient. L'un d'eux répondit :

« Nous faisons partie de la compagnie de telle garnison du Liaodong, et nous sommes envoyés en mission vers les provinces du sud pour aller chercher des troupes. Nous voudrions faire halte ici pour la nuit. »

Il se trouva que la dame Tong, debout derrière le rideau, remarqua qu'un des jeunes gens, aux manières nobles et distinguées, ne ressemblait nullement aux autres soldats. Au cours de plusieurs allées et venues dans la salle, elle le considéra attentivement et fut touchée par l'expression de tristesse douloureuse qu'elle lut sur son visage. Dans son émotion, elle vint finalement lui demander :

« Qui es-tu ?

– Je m'appelle Tiaolang, dit-il, mon nom de famille est Xu, je suis originaire de Changshan au Zhejiang. Dans ma jeunesse, mon père m'avait fiancé à la fille d'un certain Shen Bigui, de la même ville, mais avant que nous soyons mariés, nos deux familles ont été impliquées dans une mauvaise affaire, Shen a été envoyé dans les provinces du sud, et moi à la garde des Marches du nord. Voilà plusieurs années que nous sommes sans nouvelles les uns des autres. Tout à l'heure, en arrivant fourbu à ce relais, quand je vous ai vue, ma bonne dame, j'ai été frappé par votre ressemblance avec celle qui devait être ma belle-mère, et c'est pourquoi, sans m'en rendre compte, j'ai été pris de chagrin. Il n'y a pas d'autre raison. »

La dame Tong répondit :

« Et la famille Shen, où se trouve-t-elle actuellement ? Et la fille, comment s'appelait-elle ?

– La fille s'appelait Bijou, de son prénom social Runzhen. Quand elle a été fiancée, elle avait juste treize ans, et par conséquent elle doit maintenant avoir dix-huit ans. Mais j'ai oublié dans quelle commanderie et préfecture ses parents habitent, et il m'est impossible de la retrouver. »

La dame Tong alla raconter cela à Bijou, qui s'écria :

« S'il en est ainsi, c'est le Ciel qui l'envoie ! »

Le lendemain, la dame Tong appela le jeune homme dans sa pièce et l'interrogea en détail : c'était bel et bien le jeune Tiaolang ! Il avait d'ailleurs pris maintenant le surnom de Zilan, mais n'était toujours pas marié. La dame Tong éclata en sanglots et dit :

« Je suis ta belle-mère ! Ton beau-père est mort, et toutes deux, moi et ma fille, nous avons échoué ici, échappant à dix mille morts pour conserver une vague existence, et jamais je n'aurais cru possible de te revoir aujourd'hui ! »

Alors elle raconta toute cette histoire au sieur Du et à un des camarades de Tiaolang, et tous restèrent cloués de stupeur, mais furent d'avis que les deux jeunes gens étaient liés par des affinités dues à une précédente existence.

Le sieur Du réunit une somme d'argent et prépara la cérémonie de mariage de Xu et de Bijou.

Le soir des noces, même le bonheur ne l'emportait pas sur la détresse, et Bijou confia son angoisse à Tiaolang, car elle ne supportait pas l'idée d'une nouvelle séparation possible. Aussi récita-t-elle les vers du poème de Du Fu intitulé *Au village Qiang* :

*Je tiens encore la chandelle, la nuit s'efface,*
*Et comme en songe nous voici face à face...*

« Voilà des vers qui décrivent les sentiments de ce jour ! »

Tiaolang la consola et lui remontra instamment qu'il ne fallait pas se faire de souci, puisqu'ils étaient unis par un amour extrême, et qu'elle n'avait qu'à attendre l'année suivante : alors, il l'emmènerait avec lui au Liaodong, ils seraient heureux comme des poissons dans l'eau, et il la protégerait toujours et toujours !

Or il y avait parmi les camarades de Tiaolang un brigadier nommé Ding, qui était un homme loyal et généreux, et qui lui dit :

« Tu es jeune marié, tu ne vas pas d'emblée quitter ta femme ! Ce voyage que nous devons faire, il n'est pas nécessaire que tu y participes : nous nous chargerons de remettre les documents à chaque préfecture. Alors, reste tranquillement chez toi et occupe-toi de ta femme. Quand nous aurons accompli la mission, tu retourneras avec nous au Liaodong. »

Tiao offrit un banquet d'adieu arrosé d'arak, puis tous les autres se mirent en route.

Ils avaient compté sans le commandant Wu ! Ce dernier, informé de tout cela, fit arrêter et jeter au cachot Tiaolang, sous prétexte de désertion. Puis il le fit bâtonner à mort et cacha son cadavre dans un four.

Ensuite, il chargea une entremetteuse d'aller terroriser la dame Tong en lui disant :

« Maintenant que l'autre est mort, cela n'a plus de sens de penser à lui ! Je m'en vais choisir un jour propice, et j'enverrai un palanquin chercher ta fille. Si tu n'obtempères pas, sois sûre qu'il vous en cuira ! »

Comme l'entremetteuse pressait la dame Tong de répondre avec obéissance à cette injonction, Bijou poussa sa mère à dire oui, puis, une fois l'intermédiaire partie, elle lui dit :

« Si je ne meurs pas, je serai inéluctablement victime de cette brute qui me déshonorera. Je vais attendre la nuit pour en finir ! »

La dame Tong, elle aussi, était complètement désemparée.

Ce soir-là, voici soudain que Son Excellence Fu, censeur-vérificateur impérial, arriva au relais ; et Bijou de clamer au ciel :

« Vengeance pour l'injustice faite à mon mari ! »

Après quoi, elle porta plainte et demanda justice.

Le censeur s'occupa aussitôt de l'affaire et en informa les autorités. Deux mois plus tard, elles demandèrent qu'on mît en marche une procédure et fit une enquête... mais on ne parvenait toujours pas à trouver le cadavre de la victime !

Tandis que les interrogatoires se poursuivaient, on vit tout à coup un tourbillon se lever devant le tribunal. Le censeur fit cette invocation :

« L'âme du défunt sait la vérité, qu'elle me guide où il faut ! »

Après cela, le tourbillon changea de direction, vint se placer devant la tête de la monture du censeur, puis l'emmena en filant d'une traite jusque devant le four, fit voltiger les cendres, et apparaître le cadavre !

Le censeur fit procéder aux constats par les préposés : les traces de blessures étaient patentes, et Wu confessa son crime. Le censeur ordonna aux autorités de la préfecture d'inhumer Tiaolang au-delà des remparts extérieurs. Bijou suivit les funérailles en pleurant, puis se jeta dans un étang voisin de la tombe.

On donna l'ordre de l'enterrer. Le censeur relata ces faits à la Cour, où Sa Majesté ordonna au ministère des Rites de faire placer sur la tombe une plaque honorifique portant l'inscription :

TOMBE D'UNE ÉPOUSE
VERTUEUSE ET FIDÈLE

Quant à la dame Tong, elle reçut dès lors des autorités vivres et vêtements, et bénéficia de ce soutien jusqu'à sa mort.

*L'écran aux hibiscus*

L'an 1351 de l'ère Zhizheng, il y avait à Zhenzhou [au Jiangsu] un jeune homme appelé Cui Ying, dont la famille était immensément riche. En raison de l'ancienne influence de son père, il avait été nommé directeur de la police de la sous-préfecture de Yongjia, dans la préfecture de Wenzhou, au Zhejiang.

Il partit donc rejoindre son poste, emmenant son épouse, née Wang. Comme son itinéraire passait par le mont Chui de Suzhou, il fit amarrer son bateau pour une brève halte, acheta des sapèques de papier et du vin, et fit un sacrifice d'action de grâces dans le sanctuaire local. Quand ce fut fini, il revint à bord pour un petit banquet avec son épouse.

Cependant les nautoniers avaient remarqué que les pichets et les coupes étaient tous en or et en argent, ce qui leur donna soudain de funestes idées. Cette nuit-là, ils précipitèrent Cui Ying dans le fleuve, et tuèrent servantes et domestiques. Quant à la dame Wang, le chef lui dit :

« Est-ce que tu sais pourquoi nous ne te tuons pas ? C'est que mon deuxième fils n'est pas encore marié. À l'heure actuelle, il navigue vers Hangzhou, mais il reviendra dans un mois ou deux, et alors il te prendra pour femme. Aussi, sois tranquille, puisque tu es en somme de la famille, tu n'as pas à t'inquiéter ! »

Ayant ainsi parlé, il rafla tout ce que possédait la dame Wang, qu'il appela dès lors *xinfu*, « nouvelle bru » ! La dame Wang fit mine de consentir à ses projets, et s'efforça de se montrer bonne ménagère en s'acquittant de ses tâches avec tout le zèle possible. Quant au capitaine, il se réjouit en son for intérieur d'avoir trouvé une épouse pour son fils ; puis, avec le temps, il se familiarisa progressivement et relâcha sa surveillance.

Un bon mois passa, et ce fut la fête de la Mi-automne.

Tout l'équipage fit un festin grandiosement arrosé, et ils burent jusqu'à être ivres à ne plus voir clair. La dame Wang attendit qu'ils fussent profondément endormis, puis sauta légèrement sur la rive et se sauva.

Au bout de deux ou trois lis, elle perdit son chemin et se retrouva au beau milieu des marécages, cernée par les roseaux et les sceaux-de-Salomon, entourée de zizanies et de massettes qui s'étendaient à perte de vue ! Par surcroît, la dame Wang était de haute famille, et ses menus pieds, fins et graciles, étaient trop fragiles pour endurer cette course dans les hautes herbes et les eaux. Mais d'autre part, elle redoutait d'être poursuivie et rejointe, et elle se remit à courir follement, avec l'énergie du désespoir.

Longtemps après, l'orient commença lentement à blanchir. Elle aperçut au loin, dans une forêt, des bâtiments, et se hâta d'aller dans cette direction pour s'y réfugier. Quand elle arriva aux portes, celles-ci étaient encore closes. Cependant, elle percevait vaguement des sons de cloches et de psalmodies bouddhiques, et peu après, on ouvrait la barrière d'enceinte : c'était un couvent de nonnes.

La dame Wang entra sans détour. La supérieure du couvent lui demanda la raison de sa venue ; alors, n'osant avouer la vérité, elle lui fit cette réponse fallacieuse :

« Votre servante est originaire de Zhenzhou. Mon oncle, qui se rendait au Jiangzhe en voyage officiel, avait emmené toute sa famille avec lui. Or quand nous fûmes arrivés à son poste, mon mari mourut. Je vécus veuve plusieurs années durant, puis mon oncle me remaria, comme seconde épouse, au directeur de la police Wei, de Yongjia. Mais sa femme principale était acariâtre et cruelle, faisait des histoires pour tout, me battait et m'humiliait de toutes les façons possibles. Récemment, mon mari a été démis de sa charge, et son bateau a fait halte dans les parages : c'était la fête de la Mi-automne et on admirait la pleine lune. On m'a dit d'aller chercher une coupe d'or pour offrir à boire, et par malheur elle m'a échappé des mains et est tombée dans le fleuve : c'est une faute qui aurait inéluctablement été punie de mort, aussi ai-je préféré m'enfuir pour sauver ma vie, et je suis arrivée ici. »

La religieuse dit :

« Madame, puisque vous n'osez pas retourner à bord, et que vous êtes loin de votre patrie, si vous désirez chercher un nouveau mari, nous n'avons ici nulle bonne entremetteuse ! Alors, toute seule et malheureuse, où comptez-vous trouver refuge ? »

La dame Wang ne put que verser des larmes sans répondre.

La supérieure reprit :

« La vieille femme qui vous parle aurait bien un conseil à vous donner, mais ignore si vous seriez disposée à accepter sa suggestion ?

– Si ma Révérende trouvait un endroit où m'accueillir, même s'il fallait mourir, ce serait sans regret !

– Nous sommes ici en un lieu écarté, perdu parmi des rivages sauvages où nul ne s'aventure ;

nous avons les roseaux et les joncs pour voisins, les mouettes et les aigrettes pour amies. Par bonheur, je puis compter sur une ou deux camarades qui ont passé la cinquantaine, ainsi que sur plusieurs servantes, qui toutes sont probes et diligentes. Vous, madame, malgré votre jeunesse et votre beauté, que pouvez-vous contre un destin adverse et des temps difficiles ? Si donc vous vouliez renoncer à l'amour et vous éloigner des passions, prendre conscience que l'existence n'est qu'illusion, vous vous vêtiriez de noir et couperiez votre chevelure, afin de renoncer au monde *hic et nunc* ! Une estrade de méditation et des cierges au Bouddha, une collation matinale et un brouet vespéral, et votre temps pourrait se passer à vous mettre en accord avec votre destinée ! Ne serait-ce pas mieux que d'être la concubine d'un homme, souffrant les ennuis et les misères de cette existence, et tissant la trame des rétributions dans une prochaine existence ? »

La dame Wang se prosterna avec gratitude et répondit :

« C'est en effet ce à quoi j'aspire ! »

Alors, elle renonça à sa chevelure devant l'autel du Bouddha et reçut comme nom en la Loi *Huiyuan*, « Sagacité-parfaite ». Comme elle connaissait les signes d'écriture et savait lire, écrire et peindre à la perfection, il ne lui fallut que quelques mois pour posséder à fond tous les livres canoniques du bouddhisme, et la supérieure la traita avec le plus grand respect, n'entreprenant jamais une démarche, importante ou non, sans son assentiment, et n'osant rien faire sans prendre son conseil. Cela n'empêchait pas la dame Wang d'être tolérante et douce, et tellement bienveillante que tout le monde l'aimait. Chaque jour, elle faisait plus d'une centaine de prosternements devant Guanyin-à-robe-blanche – à qui elle révélait en secret le tréfonds de son âme – et ne manquait jamais, même par les froidures mordantes ou les chaleurs accablantes, à ses dévotions ; quand elles étaient terminées, elle se retirait à l'écart, dans sa cellule, et il était bien rare que quelqu'un vît son visage.

Plus d'un an passa. Un jour, voici que soudain quelqu'un se présenta au couvent pour une visite d'agrément, y resta pour un repas maigre et repartit.

Mais le lendemain, la même personne revint apporter un rouleau de peinture représentant des hibiscus, à titre de donation au couvent. La supérieure l'étala sur un écran blanc. Quand la dame Wang vint le voir, elle reconnut la main de son époux Ying et demanda d'où venait cet objet.

« Un bienfaiteur nous en a récemment fait présent. »

La dame Wang reprit :

« Quel est le nom de ce bienfaiteur ? Où demeure-t-il actuellement ? Quelle est sa profession ?

– C'est un certain Gu Axiu de notre district, expliqua la supérieure. Lui et son frère sont mariniers de leur état. Depuis quelques années, leurs affaires prospèrent, mais bien des gens disent qu'ils pillent et brigandent parmi les lacs et les rivières, et j'ignore si cela est vrai.

– Viennent-ils souvent par ici ? demanda encore la dame Wang.

– Non, rarement ! » fut la réponse.

Alors la jeune femme grava silencieusement dans son esprit le rouleau peint, puis saisit un pinceau et y traça l'inscription que voici :

*Jours galants de jeunesse, ô pinceau de Zhang Chang !*
*Peignant d'après nature, il ne vaut pas Huang Quan.*
*Ces hibiscus sont peints avec grâce et fraîcheur.*
*Qui donc aurait prédit qu'une beauté en fleur*
*Serait victime d'aussi révoltant malheur ?*
*Toute poudrée, fardée, mais toute solitaire,*
*Comme si je n'étais qu'illusoire matière,*
*Qui m'aura en pitié sur ces terres étrangères ?*
*Écran, muet ami de dhyâna tari...*
*Toutes affinités de cette vie finies,*
*J'aspire à nouer les liens d'une neuve vie.*

C'était un poème à chanter sur l'air *L'Immortel au bord du fleuve*... Mais aucune des nonnes ne comprit ce qu'il signifiait.

Un jour, un nommé Guo Qingchun, de la ville, arriva subitement au couvent pour certaine affaire. Lorsqu'il vit la peinture et l'inscription, il les trouva si parfaitement belles qu'il les acheta et les emporta chez lui pour en orner sa demeure.

Il se trouva que le censeur impérial Gao Nalin vivait dans la retraite à Gusu [Suzhou] ; il était grand acquéreur de calligraphies et de peintures, et Qingchun lui fit présent de l'écran aux hibiscus. Le censeur Gao plaça l'œuvre dans sa résidence privée, sans prendre le temps de demander davantage d'information.

Le hasard fit qu'il y eut soudain au-dehors quelqu'un qui vendait quatre rouleaux de calligraphie. Le censeur Gao se les fit apporter pour les examiner : leur style, apparenté à celui du bonze Huaisu, était d'une pureté et d'une vigueur peu communes.

« Qui a écrit cela ? demanda-t-il.

– C'est votre serviteur, qui s'exerce à la calligraphie », répondit l'inconnu.

Le censeur Gao le considéra : il n'avait point l'air d'un homme médiocre ! Il s'enquit donc de son lieu d'origine et de son identité. Le jeune homme, la mine affligée, fit cette réponse :

« Mon nom est Cui Ying, pour vous servir, mon prénom social, Junchen. Mes ancêtres habitent depuis des générations à Zhenzhou. Ayant été, grâce à l'influence de mon père, nommé par protection directeur de la police de Yongjia, je me rendais à mon poste en emmenant ma famille, mais comme je n'étais pas suffisamment sur mes gardes, j'ai été attaqué par des bateliers qui m'ont précipité dans les eaux. Tous mes biens et possessions, mes épouses et concubines, je ne les ai jamais revus. Par chance, étant habitué à l'eau depuis l'enfance, j'ai plongé et nagé sous les vagues jusqu'à bonne distance, je suis monté sur la rive et suis allé chercher asile chez un paysan, car j'étais trempé jusqu'aux os et sans la moindre monnaie sur moi. Je me suis confié à un vieillard au grand cœur, qui m'a donné des habits pour me changer, m'a offert à boire et à manger, et m'a fait cadeau d'un viatique avec ces recommandations : “Puisque tu as été dépouillé par des bandits, tu vas en informer la justice, comme il se doit. Je n'ose donc te retenir davantage, de peur de me retrouver impliqué dans l'affaire.” Je lui ai demandé la route à suivre pour aller à la ville, et j'ai porté plainte auprès du magistrat du circuit de Pingjiang. Voici maintenant un an que j'attends, et je n'ai pas obtenu l'ombre d'une nouvelle. J'en suis réduit à vivre, vaille que vaille, de mon pinceau ; je n'oserais prétendre appeler cela des calligraphies de valeur : je ne pensais pas que de méchants gribouillis pourraient avoir l'honneur d'être examinés par Votre Excellence ! »

En entendant ces propos, le censeur fut pris d'une profonde compassion et dit :

« Puisque vous êtes dans une telle situation, il n'y a rien à faire ! Je suis prêt à vous garder dans mon domaine de campagne, pour que vous enseigniez l'écriture à mes petits-enfants. Cela vous conviendrait-il ? »

Ying fut transporté de joie. Le censeur le convia à l'accompagner dans sa résidence privée, pour trinquer en sa compagnie. Soudain, Ying avisa les hibiscus qui faisaient écran à une pièce, et se mit à pleurer à chaudes larmes.

Le censeur, intrigué, lui demanda la cause de ses pleurs.

« Ceci, expliqua Ying, est un des objets qui se trouvaient sur mon bateau, et que j'ai perdus. Votre serviteur l'avait peint de sa main. Comment se fait-il qu'il se trouve ici ? »

Alors, il psalmodia le poème à chanter qui y avait été ajouté et conclut :

« C'est l'œuvre de l'épouse de votre serviteur !

– À quoi le reconnaissez-vous ? demanda le censeur Gao.

– Je connais sa main. De plus, il y a dans ce poème une signification cachée, et il a véritablement été composé par mon indigne épouse, c'est hors de doute !

– S'il en est ainsi, il est de mon devoir de prendre sur moi d'arrêter les coupables !... Mais pour le moment, gardez le secret. »

Il hébergea donc Ying dans sa résidence, et, le lendemain, fit appeler confidentiellement Guo Qingchun pour l'interroger.

« J'ai acheté cela au couvent », expliqua l'autre.

Le censeur Gao envoya quelqu'un questionner discrètement les nonnes, pour savoir de qui elles avaient tenu cet écran et qui était l'auteur de l'inscription poétique. Au bout de plusieurs jours, l'homme revint lui rendre compte et dit :

« L'écran a été offert par Gu Axiu, de notre district. L'inscription est de Sagacité-parfaite, une nonne du couvent. »

Le censeur envoya un messager dire à la supérieure :

« Mon épouse, qui a grande joie à réciter les soûtras bouddhiques, déplore de n'avoir personne pour lui tenir compagnie à ces occasions. Ayant entendu dire que la nonne Sagacité-parfaite avait atteint l'illumination totale, je la prie courtoisement de bien vouloir être le Maître de ma femme. Un refus me désobligerait. »

Mais la supérieure ne voulut rien entendre.

Or, de son côté, Sagacité-parfaite avait eu vent de l'affaire, et elle avait grand désir de sortir du couvent, au moins une fois : ce serait peut-être l'occasion de venger l'injustice qui lui avait été faite.

La supérieure ne put finalement pas refuser. Le censeur Gao donna donc cette fois l'ordre de transporter la nonne chez lui et veilla à ce qu'elle fût logée dans le même appartement que son épouse.

Un jour de loisir, celle-ci demanda à la religieuse de plus amples renseignements sur sa famille et ses origines.

La dame Wang, ravalant ses larmes, lui confessa la vérité et, abordant le sujet du poème inscrit sur l'écran aux hibiscus, dit encore :

« Les brigands ne doivent pas être loin. Si seulement, Madame, vous acceptiez d'en parler à Votre époux, peut-être pourrait-on arrêter les coupables, laver et effacer l'ancienne honte, et venger le mari de Votre servante : ce serait un bienfait insigne de la part de Son Excellence ! »

Ce disant, elle ignorait encore que son mari fût en réalité vivant...

Quant à la dame Gao, elle rapporta ces propos à son époux, ajoutant aussi que Sagacité-parfaite était une femme cultivée et vertueuse, qui à coup sûr ne devait pas être de basse extraction. Le censeur Gao était convaincu qu'elle était l'épouse de Ying ; il recommanda à sa femme de bien la traiter, mais de ne pas souffler mot de sa présence à Ying.

En faisant perquisitionner au domicile de Gu Axiu, il obtint des indices sur les apparitions et disparitions de cet individu – mais il n'osait toujours pas agir à la légère. Il commença par dire à sa femme de persuader insidieusement la dame Wang de laisser repousser sa chevelure et de reprendre son ancienne tenue séculière.

Six mois plus tard, le lettré et docteur Seriq Buqa, censeur-vérificateur impérial, s'en vint en tournée officielle à la commanderie. Buqa avait été autrefois un des subordonnés du censeur Gao, et ce dernier, connaissant sa dextérité et sa perspicacité, lui conta toute l'affaire.

On appréhenda le brigand par surprise : l'édit de nomination de Cui Ying et tous ses biens se trouvaient encore chez le voleur, mais la dame Wang, elle, avait disparu. L'homme, soumis à un interrogatoire, répondit :

« Franchement, je voulais la garder pour la marier à mon deuxième fils, mais j'ai relâché ma surveillance, et j'ai été le premier surpris qu'elle prenne la fuite cette année-là, à la huitième lune, pendant la fête de la Mi-automne. Je ne sais pas où elle est allée. »

Buqa le condamna au châtiment suprême, et le butin fut restitué à Ying.

Comme ce dernier lui faisait ses adieux avant de rejoindre son poste, le censeur Gao lui dit :

« Attendez, cher ami, que je vous serve d'intermédiaire pour votre mariage ! Alors seulement, vous vous mettrez en route, il sera bien temps ! »

Mais Ying le remercia en ces termes :

« La créature de rebut qui fut la femme de Votre serviteur a longuement partagé avec lui sa condition pauvre et obscure. Actuellement, elle erre peut-être en terre étrangère. J'ignore d'ailleurs si elle est vivante ou morte, et c'est tout seul que je me rends là-bas ! J'attendrai des mois et des années : si par le plus grand des hasards, le Ciel a pitié de moi, et si mon épouse vit encore, j'aurai l'espoir de former de nouveau avec elle un couple harmonieux ! Je suis très touché par les bienfaits et la bonté de Votre Excellence, que je n'oublierai jamais tant que je vivrai – mais Son offre de mariage ne saurait être dans mes vœux. »

Le censeur Gao conclut tristement :

« Cher ami, puisque vous avez un si haut sens du devoir, le Ciel ne pourra manquer de vous donner son aide et, pour ma part, j'aurais scrupule à insister. Souffrez au moins que je vous offre un repas d'adieu, après quoi vous vous mettrez en route. »

Le lendemain, le censeur Gao donna un banquet, auquel il convia les fonctionnaires du circuit de Pingjiang, ainsi que tous les lettrés célèbres de la commanderie.

Alors, levant sa coupe, il s'adressa aux convives en ces termes :

« En ce jour, le vieil homme qui vous parle a rétabli pour le directeur de la police Cui les affinités de cette vie ! »

Personne ne comprit ce que cela voulait dire.

Alors le censeur Gao envoya chercher la nonne Sagacité-parfaite. Et voici paraître l'ancienne épouse de Cui Ying ! Les deux époux, bouleversés, se tenaient les mains ; ils n'auraient jamais cru possible de se retrouver face à face en ce lieu !

Le censeur Gao conta donc l'histoire tout au long et fit également apporter l'écran aux hibiscus pour le montrer à ses hôtes : c'est alors seulement que l'on comprit le sens des mots « rétablir les affinités de cette vie », car ils étaient empruntés au poème inscrit sur l'écran par la dame Wang, qui avait pris *Huiyuan*, « Sagacité-parfaite », comme nom de religion. Toute l'assistance fut émue aux larmes par cette histoire, et saisie d'admiration pour la bonté sans exemple du censeur Gao. Ce dernier offrit à Cui Ying un couple de domestiques, qu'il congédia avec une indemnité avant qu'ils se missent en route.

Lorsque Ying eut accompli son mandat à Yongjia, il repassa par la Porte-de-Wu [Suzhou], mais le censeur Gao était décédé.

Ying et sa femme pleurèrent et se lamentèrent comme s'ils eussent perdu un père. Ils ne partirent qu'après avoir fait sur sa tombe un sacrifice majeur de trois jours et trois nuits, en signe de gratitude, et la dame Wang observa à cette occasion un jeûne prolongé, tout en priant sans interruption Guanyin à son intention...

## DÉCOUVREZ LES FOLIO 2 €

*parutions de janvier 2008*

ANONYME *Le pavillon des Parfums-Réunis* et autres nouvelles chinoises des Ming

Mélange de poésie, de raffinement et d'érotisme délicat, ces nouvelles des Ming nous entraînent dans un voyage sensuel et chatoyant.

CICÉRON *« Le bonheur dépend de l'âme seule » Tusculanes, livre V*

Avec clarté et pragmatisme, Cicéron se propose de nous guider sur les chemins de la sagesse et du bonheur.

Thomas DAY *L'automate de Nuremberg*

Sur fond de campagnes napoléoniennes, un voyage initiatique à la croisée des genres pour entrer dans l'univers de Thomas Day.

Lafcadio HEARN *Ma première journée en Orient* suivi de *Kizuki le sanctuaire le plus ancien du Japon*

Pour découvrir le Japon, ses mystères et ses charmes, quel meilleur guide qu'un poète voyageur ? Suivez-le…

Rudyard KIPLING *Une vie gaspillée* et autres nouvelles

Une chronique de l'Inde victorienne pleine de finesse et d'humour par l'auteur du *Livre de la jungle.*

D. H. LAWRENCE *L'épine dans la chair* et autres nouvelles

L'auteur de *L'Amant de lady Chatterley* nous offre trois portraits de femmes prisonnières des convenances, mais aussi de leurs désirs.

Luigi PIRANDELLO *Eau amère* et autre nouvelles

Quelques nouvelles aussi acides que malicieuses sur les relations entre les hommes et les femmes.

Jules VERNE *Les révoltés de la Bounty* suivi de *Maître Zacharius*

Respirez l'air du large et embarquez sous les ordres du capitaine Verne pour une aventure devenue légendaire !

Anne WIAZEMSKY *L'île*

Les rêves et les inquiétudes d'une femme amoureuse racontés avec sensibilité et tendresse par l'auteur de *Jeune fille.*

Et dans la série « Femmes de lettres » :

Simone de BEAUVOIR *La femme indépendante*

Agrégée de philosophie, unie à Jean-Paul Sartre par un long compagnonnage affectif et intellectuel, Simone de Beauvoir (1908-1986) publie en 1949 *Le deuxième sexe*, dont on trouvera ici quelques pages marquantes. Ce texte fait d'elle l'une des grandes figures du féminisme du XXe siècle et lui assure une renommée internationale.

*Composition Nord Compo*
*Impression Novoprint*
*à Barcelone, le 04 décembre 2007*
*Dépôt légal : décembre 2007*

ISBN 978-2-07-034950-0./Imprimé en Espagne.

154965